# Un fantasme pour patron

LUCY KING

# Un fantasme pour patron

*Traduction française de*
ALEXANDRA TEISSIER

AZUR

HARLEQUIN

*Collection :* Azur

*Titre original :*
UNDONE BY HER ULTRA-RICH BOSS



**HARPERCOLLINS FRANCE**
83-85, boulevard Vincent-Auriol, 75646 PARIS CEDEX 13
Service Lectrices — Tél. : 01 45 82 47 47 - www.harlequin.fr
ISBN 978-2-2804-8395-7 — ISSN 0993-4448

Composé et édité par HarperCollins France.
Imprimé en février 2023 par CPI Black Print (Barcelone)
en utilisant 100% d'électricité renouvelable.
Dépôt légal : mars 2023.

FSC www.fsc.org MIXTE Papier issu de sources responsables FSC® C159065

Pour limiter l'empreinte environnementale de ses livres, HarperCollins France s'engage à n'utiliser que du papier fabriqué à partir de bois provenant de forêts gérées durablement et de manière responsable.

# 1.

— *Quem és tu e que raios fazes na minha cama ?*

Au son de la voix masculine follement attirante, si grave qu'elle semblait venir de l'au-delà, Orla Garrett exhala dans son sommeil un petit soupir de bien-être et s'enfouit plus profondément dans le cocon des draps doux et frais.

D'habitude, Duarte de Castro e Bragança visitait ses rêves la nuit suivant un de leurs échanges téléphoniques. Dès que le nom de ce client apparaissait sur son écran, une nuée de papillons fous s'envolaient dans son ventre. Puis, au fil de la conversation, les intonations suaves et rocailleuses à la fois lui collaient des frissons, chacune de ses terminaisons nerveuses grésillait… Ils ne s'étaient jamais rencontrés, et même si leurs conversations n'avaient rien de bien excitant – Orla dirigeant une compagnie de services de conciergerie, il se bornait à égrener ses instructions et elle à en garantir l'exécution – son inconscient associait infailliblement cette voix aux photos qu'elle guettait malgré elle dans les médias, comme sûrement tout être vivant au sang chaud sur cette planète.

Ce rêve-là sortait de l'ordinaire car la dernière commande remontait à plus d'un mois. Et Duarte s'exprimait en portugais, sa langue natale, au lieu de l'anglais parfait, mâtiné d'un léger accent, acquis dans une école privée anglaise puis à Oxford, auquel elle s'était accoutumée. Il n'empêche, les images étaient exquises, et l'expérience lui avait appris qu'il était impossible de les bloquer. Pourquoi s'infliger cet effort, d'ailleurs ? Les manœuvres d'approche de Duarte, les réveils frémissants, essoufflés, en sueur… C'était ce qu'Orla pouvait espérer de mieux dans un lit, après tout, la vraie vie s'étant révélée plutôt décevante jusque-là.

Rêver ne pouvait pas faire de mal. Ce n'était pas comme si elle nourrissait le secret espoir que le plaisir qui lui était donné en songe devienne un jour réalité. Cette seule idée était grotesque. Non seulement elle évitait sagement les domaines dans lesquels elle n'avait aucune compétence, mais sa déontologie professionnelle lui interdisait toute relation intime avec un client. De toute façon, jamais un magnat du vin, milliardaire à la vie trépidante, noble de surcroît et doté d'un physique divin, ne daignerait poser les yeux sur elle, dans l'éventualité improbable où ils finiraient par se croiser… De plus, le monde entier savait combien l'ex-play-boy Duarte avait aimé sa sublime épouse, puis pleuré son décès par overdose six semaines après la venue au monde de leur fils mort-né, même s'il affrontait paraît-il ce double drame avec un incroyable stoïcisme.

Ses rêves secrets ne présentaient donc aucun risque. Mieux, la petite voix critique dans sa tête l'invitant sans relâche à la perfection n'avait aucune prise sur eux.

— Salut, marmonna Orla dans l'oreiller moelleux, ni trop dur ni trop mou, juste idéal, en fait.

— J'ai dit, qui êtes-vous et qu'est-ce que vous fichez dans mon lit ?

Surprise ! L'anglais était de retour. La voix ensorcelante résonnait aussi de plus près, si près que des effluves épicés dérivaient sous ses narines. Une onde brûlante déferla dans ses veines jusqu'aux orteils.

— Je vous attendais, murmura Orla, impatiente de découvrir la suite.

Elle était si fatiguée. Un désistement de dernière minute l'avait contrainte à travailler jour et nuit toute la semaine pour préparer la propriété de Duarte en vue d'une conférence réunissant les cinq plus grandes familles de viticulteurs du monde. Un petit massage maintenant, même imaginaire, sur ses muscles endoloris, ce serait… le paradis…

— Levez-vous. Immédiatement !

Mmm… Pas très gentil, ça. Une telle brusquerie ne ressemblait guère aux ronronnements sensuels qui la consumaient de désir les autres nuits. Ce Duarte-là semblait agacé. Très irrité, même. Où était son sourire ? Pourquoi la main sur son épaule la secouait-elle sans ménagement au lieu de caresser sa peau, de malaxer ses chairs meurtries ? Et pourquoi humait-elle aussi distinctement un parfum viril ? C'était une première…

La conscience lui revint d'abord doucement, à peine un filet d'eau. Qui se mua soudain en torrent. Puis en un tsunami, dont la violence pulvérisa les ultimes vestiges de sommeil.

Elle se redressa en sursaut, heurta une surface solide et s'entendit gémir de douleur au moment même où s'élevait à côté d'elle une salve de jurons portugais.

Oh…

Oh !

Bon sang ! Orla se rejeta en arrière en se tenant le front à deux mains. Un marteau-piqueur dans son crâne s'en donnait à cœur joie… mais ce n'était rien au regard du choc mental, et de la honte qui l'avait envahie. Si seulement elle pouvait se cacher sous le drap, faire comme si rien de tout cela ne s'était passé… C'était hélas impossible.

Alors, avec effort, toutes les cellules de son corps crispées d'effroi, elle ouvrit enfin les yeux.

À la vue de l'homme recroquevillé sur le lit qui secouait la tête, les doigts fourrés dans sa chevelure de jais, son sang s'échauffa, puis se glaça, puis s'enfiévra de plus belle, et son cœur partit au grand galop.

Duarte était ici. Pour de vrai.

Ce n'était *pas* le fruit de son imagination.

Seigneur ! Non, c'était une catastrophe. Prise en flagrant délit, assoupie sur son lieu de travail, par un client, et non des moindres, qu'elle avait en outre invité à demi-mot à la rejoindre dans le lit… et gratifié d'un bon coup de tête, par-dessus le marché !

Une chance qu'elle se soit effondrée tout habillée, au moment où ses forces l'avaient lâchée. C'était déjà quelque chose, même si ses habits n'étaient pas bien épais, vu la chaleur infernale qui régnait dans la vallée du Douro en juin… Mais comment diable allait-elle se racheter ? Duarte n'était attendu ici que dans trois semaines, mais ce n'était pas une excuse. Sa société promettait la perfection à tous les niveaux. Les clients exigeaient le meilleur et déboursaient des sommes exorbitantes pour l'obtenir…

Il ne pouvait rien arriver de pire, aujourd'hui.

— Je suis terriblement désolée, bredouilla-t-elle d'une voix tremblante tout en rajustant la bretelle de son caraco, qui avait glissé de son épaule.

Duarte se tourna vers elle et la fusilla du regard.

Le souffle d'Orla s'enraya. Les clichés parus dans les médias ne rendaient pas justice à cet homme. Loin de là. Ils n'offraient qu'une vague idée de sa carrure athlétique, de la puissance des cuisses moulées par le denim, qui se trouvaient présentement à portée de main, nota Orla, les paumes toutes moites, soudain. Et aucun n'avait immortalisé une fureur froide comme celle luisant en cette seconde dans ses prunelles d'obsidienne, ni une mâchoire aussi crispée, qui semblait près de se rompre.

— Puis-je vous proposer un peu de glace pour votre tête ? murmura-t-elle. Ou des antalgiques, peut-être ?

— Non, grommela Duarte. Une réponse à ma question suffira.

Oui. Bien sûr. Le moment était mal choisi pour se laisser happer par ce charme sombre qui produisait sur elle un effet étrangement intense. Il fallait d'abord réparer les dégâts.

— Je suis Orla Garrett, dit-elle. Je codirige Hamilton Garrett. Nous nous sommes parlé au téléphone.

Duarte fronça les sourcils. Orla put presque voir son cerveau que l'on disait affûté tourner à plein régime tandis qu'il la scrutait de pied en cap. Ce malencontreux épisode mis à part, le service offert par sa compagnie était hors pair, cela devait bien compter pour quelque chose !

Un courant électrique se mit tout à coup à grésiller dans son propre corps. Devait-elle lui tendre la main ? Ce genre de politesse ne semblait guère approprié dans le contexte, puisqu'elle était encore entre les draps et lui assis dessus, à un souffle d'elle…

Elle avait plutôt envie de s'installer sur ses genoux. Alors, elle pourrait glisser les doigts dans sa chevelure pour s'assurer qu'il n'avait pas de bosse. Puis tâter son visage, examiner le dessin saisissant de sa mâchoire, la barbe naissante ornant ses joues. À ce stade, il l'enlacerait, la retournerait vite fait pour poser les lèvres sur sa nuque et…

Ah ! Mais que lui arrivait-il ? Où avait-elle la tête ? Elle devenait folle ou quoi ? Le choc à la tête, peut-être.

Effarée par la direction que prenaient ses pensées, Orla déglutit et s'efforça de se ressaisir. Elle devait absolument ignorer le feu qui l'écorchait vive et les images bien trop vivaces dansant dans son esprit, dont elle saisissait mal l'origine. Plus tard, elle se pencherait sur la question. Pour le moment, il fallait mettre de la distance entre elle et son client. Aussi se faufila-t-elle vers le bord du lit pour se lever. Elle lissa son short, qui semblait soudain trop serré et très rêche, bataillant pour recouvrer sa dignité et surtout son sang-froid.

— Conformément à vos instructions, reprit-elle, j'ai préparé l'hébergement destiné aux invités de votre conférence. À ce jour, toutes les chambres sont prêtes, hormis celle-ci.

C'était celle qui exigerait le moins de travail. Les cinq autres tenaient du dépotoir à son arrivée. Le linge de lit et de toilette avait été abandonné n'importe où, au petit bonheur, comme d'innombrables verres de vin, qui traînaient sur diverses surfaces couvertes de poussière. Le rez-de-chaussée n'était guère plus présentable. Des tasses à café débordant de moisissures jonchaient le salon, des bouteilles vides gisaient couchées ici et là dans la cuisine… Tout en essayant de ne pas s'étouffer du fait de l'odeur, Orla s'était demandé ce qui avait bien pu se passer là, avant de se morigéner avec sévérité. Cela ne la regardait pas. Son travail consistait à faire en sorte que les vœux de ses clients soient exaucés, point final.

— J'ai conclu un accord avec Mariana Valdez pour les menus du week-end, ajouta-t-elle, concentrée sur la pointe de triomphe que lui procurait l'idée de s'être adjoint une cheffe de renom, ayant obtenu trois étoiles Michelin, qu'il était en théorie impossible d'engager pour un événement privé. Tous les régimes particuliers seront pris en compte. J'ai confié à Nuno Esteves, le chef sommelier de la Quinta, le soin de tenir prêts les vins que vous souhaitiez pour les dîners de vendredi et samedi. La croisière a été réservée pour dimanche après-midi, à cette heure l'équipage prépare le bateau. Tout est sous contrôle.

Duarte la toisa, clairement peu impressionné par l'exploit qu'elle avait accompli en des circonstances particulièrement éprouvantes.

— Et pendant tout ce temps, vous avez dormi dans mon lit, rétorqua-t-il.

— Non ! Pas du tout. J'ai pris une chambre à l'hôtel du village. Cette sieste était une exception, je le jure, assura Orla en jetant un regard furtif aux draps froissés. Elle n'en est pas moins impardonnable, je le reconnais.

Inexcusable, aussi… même si les excuses ne manquaient pas. L'équipe qu'elle avait mise en place pour exécuter les requêtes de son client lui avait fait faux bond à la dernière minute, elle n'avait pas eu d'autre choix que de s'occuper elle-même de tout, sans compter ses heures, mais cela n'intéresserait pas le moins du monde Duarte. Ce n'était pas son problème si elle s'était retrouvée en possession du mauvais trousseau de clés et avait donc dû briser un carreau de fenêtre pour s'introduire à l'intérieur et aller déverrouiller la porte de derrière. Comme tous ses clients, Duarte réglait une cotisation annuelle à six chiffres pour voir chacune de ses instructions respectée sans question ni souci et s'épargner ainsi les embarras de la mise en œuvre.

— Je peux vous assurer que cela ne se reproduira jamais, conclut Orla, croisant mentalement les doigts. Vous avez ma parole !

À ces mots, Duarte partit d'un grand rire moqueur. À croire que sa parole ne valait pas un clou. Puis il secoua lentement la tête. Le pouls d'Orla s'accéléra et la panique la gagna. Il n'allait rien pardonner. Il n'allait pas oublier. Le sourire qu'elle espérait tant, le brin d'humour, d'humanité, ne viendraient pas. La colère s'était quelque peu estompée dans le regard noir qui ne la lâchait plus, mais le vide qui lui avait succédé était presque pire, surtout avec cette expression indéchiffrable, assez inquiétante. Sa voix, lorsqu'il reprit la parole, était glaciale.

— Vous avez raison, dit-il d'un ton si sévère qu'Orla sentit sa gorge se serrer et son cœur plonger. Cela ne se reproduira plus jamais. Parce que vous êtes virée !

C'est à peine si Duarte perçut l'exclamation étouffée de la femme qui lui faisait face tant il était subjugué par ses yeux, de la teinte exacte d'un porto tawny de cinquante ans d'âge. Il nota tout aussi distraitement la façon dont elle se rejeta en arrière, clairement choquée, perdue.

Il était incapable d'aligner deux pensées cohérentes. Sa tête l'élançait après le coup reçu tout à l'heure, et tout son sang-froid n'était pas de trop pour repousser les souvenirs douloureux qui avaient resurgi dès qu'il avait posé le pied dans cette maison pour la première fois depuis près de trois ans. Des émotions sauvages l'assaillaient. Un étau lui enserrait la poitrine, son corps tout entier était tendu comme un arc.

D'abord désagréablement surpris que ses instructions n'aient pas été mises en œuvre correctement, il avait carrément vu rouge devant cette invasion de son espace privé. Le choc en découvrant une belle blonde profondément endormie dans son lit s'était doublé d'un sentiment d'effroi devant le désir violent, jailli de nulle part, qui l'avait saisi à cette vue. Le chagrin et les remords enfouis au plus profond de lui avaient refait surface sans prévenir, avec une intensité redoublée. Ils se déchaînaient, malmenant ses défenses, semant la pagaille dans ses pensées.

Rien de tout cela n'était agréable. Ni le tourbillon d'émotions, ni les souvenirs tapageurs de son épouse traîtresse et du petit être minuscule, innocent, parti avant même son premier souffle… Ni surtout Orla Garrett et sa beauté inattendue ici, dans son espace intime, chamboulant l'équilibre qu'il s'évertuait à maintenir.

— Pardon ? dit-elle, un peu hagarde.

Pour sa plus grande frustration, cette voix rauque lui rappela les draps défaits. Il se leva d'un bond à son tour et s'éloigna vers la fenêtre, les mains enfoncées dans les poches, avant de pivoter vers elle.

— Vous m'avez parfaitement entendu, dit-il, rageur. Vous êtes virée.

Les yeux éblouissants s'écarquillèrent.

— Parce que je me suis endormie ?

— Parce que vous êtes clairement incompétente !

— Je suis beaucoup de choses, répliqua-t-elle, les dents serrées, mais certainement pas incompétente.

— Alors comment appelleriez-vous cela ? s'écria Duarte, sortant une main de sa poche pour embrasser d'un geste le lit, la chambre, la maison.

Orla Garrett rougit.

— Un moment d'égarement.

— C'est un peu juste !

— Les conditions étaient exténuantes…

— Et hors sujet.

Elle le considéra un instant, les sourcils froncés. Puis elle inspira profondément avant de hocher la tête.

— Vous avez raison, déclara-t-elle avec un sang-froid enviable. Je ne pourrai jamais m'excuser assez pour tout cela, ce coup de tête involontaire, ces mots murmurés malgré moi juste avant, laissant entendre que je vous attendais. Ce n'était pas le cas, de toute évidence. J'étais profondément endormie et je rêvais… de quelqu'un d'autre.

De qui donc ?

Ce fut la première question qui traversa en flèche l'esprit de Duarte. Un mari ? Un amant ? Et d'abord, qu'est-ce que c'était que ce sentiment qui lui transperçait la poitrine tout à coup ? De la *déception* ? Allons donc ! Rien de plus grotesque.

S'il avait souvent discuté au téléphone avec Orla Garrett ces dernières années, il ne savait quasiment rien de sa vie. Il n'avait pas besoin de la connaître, du reste, puisque leur relation restait strictement professionnelle. Qu'elle soit célibataire ou non, cela n'avait aucun intérêt pour lui.

Certes, sa voix dans l'écouteur tendait depuis peu à débusquer chez lui un petit quelque chose qu'il avait cru relégué dans les limbes depuis belle lurette. Un phénomène dérangeant qui l'agaçait au plus haut point. Mieux valait ne pas l'encourager. Il s'était juré de ne plus toucher une femme dans un proche avenir, tant les blessures infligées par son mariage, aussi bref que funeste, étaient encore vives ; et il tiendrait parole.

— Vous vous êtes trompée d'endroit, dit-il, irrité par le cheminement rebelle, inacceptable de ses pensées.

— Que voulez-vous dire ?

— Je vous avais demandé de préparer les hébergements dans le domaine viticole.

Orla plissa le front.

— Je ne comprends pas…

— Nous sommes ici à la Casa do São Romão, et non à la Quinta do São Romão. Vous avez donc pénétré par effraction dans ce qui a été naguère, brièvement, ma maison privée. Vous avez mis votre nez dans des lieux où vous n'avez pas votre place, vous avez dormi dans mon lit, et la tâche que je vous avais assignée n'est toujours pas exécutée.

— Quoi ? bredouilla Orla, toute la confusion du monde peinte sur son joli visage.

— Vous avez commis une grosse erreur, mademoiselle Garrett.

C'était peu dire. Elle avait envahi son espace. Consciemment ou non, elle avait vu des choses qu'il n'avait aucune intention de montrer à quiconque. Même lui se refusait obstinément à affronter les preuves des tourments dont il avait longtemps été la proie avant de les reléguer dans l'oubli perpétuel. Si cette maison avait été laissée à l'abandon, et avec elle les souvenirs qu'elle contenait, condamnés à redevenir poussière, cela lui aurait parfaitement convenu.

Fort heureusement, le contrat signé avec Hamilton Garrett s'accompagnait d'un accord de confidentialité. Jamais la vérité sur son mariage prétendument parfait n'émergerait. Cette seule pensée lui donnait des sueurs froides. Il se jugeait déjà sévèrement tout seul, il n'avait aucun besoin du regard des autres.

Orla avait blêmi.

— Ce n'est pas possible, murmura-t-elle.

— Suggérez-vous que l'erreur vient de moi ?

— Quoi ? Non ! Bien sûr que non… Il y a sûrement eu méprise… Un problème de communication… Vous m'en voyez navrée. Mais je vais rattraper le coup.

Il n'y avait rien qu'elle puisse faire pour rattraper quoi que ce soit. Ce qui était fait ne pouvait être défait – il était bien placé pour le savoir. Son fils ne pouvait pas renaître avec un cœur en état de battre à la place d'un cœur inerte. Lui-même ne pouvait pas remonter le temps pour effacer la dispute qui avait tout déclenché et déchiffrer lucidement les états d'âme de Calysta à temps pour l'empêcher de mettre fin à ses jours. Nul ne le pouvait.

En revanche, se débarrasser d'Orla avant que son sang-froid ne le lâche tout à fait, cela, c'était dans ses cordes.

— Vous avez cinq minutes pour rassembler vos affaires, dit-il à voix basse. Après quoi, disparaissez !

# 2.

Tétanisée, le front en sueur, Orla, impuissante, regarda Duarte tourner les talons et quitter la chambre, le cœur tambourinant dans sa poitrine. Le sol sous ses pieds semblait onduler. La chambre tournait…

Oh ! Mon Dieu, il était furieux. Clairement il ne tolérait pas l'erreur. Comment l'en blâmer ? Elle partageait cette aversion. Elle n'en avait commis absolument aucune depuis la rupture de ses fiançailles, quatre ans plus tôt. Avant cela même, elle avait tout fait pour les éviter. Les erreurs attestaient d'un échec, or l'échec était exclu de son univers.

Enfant ordinaire et négligée, coincée entre une sœur aînée qui chantait comme un ange et un petit frère brillant athlète, elle s'était battue pour se creuser une place dans la famille. Elle avait travaillé d'arrache-pied à l'école pour décrocher les meilleures notes et détourner des miettes de l'attention parentale que ses frère et sœur plus doués, plus performants, attiraient avec une facilité déconcertante. La tactique s'était révélée assez efficace. Si bien que cette quête de l'excellence s'était gravée dans son ADN. Son estime de soi en dépendait, elle le savait. Elle ne pouvait s'imaginer attaquant un projet sans attendre d'elle-même la perfection…

Des années durant, elle avait tenu ses complexes d'enfant à distance pour ne pas sombrer. Elle n'allait sûrement pas les laisser resurgir aujourd'hui ! Cette perspective la glaçait. L'analyse de ce qui avait déraillé ici attendrait donc, quand bien même cette méprise était incompréhensible car sa compagnie se donnait tous les moyens pour garantir la réussite des projets.

La réaction de Duarte lui semblait disproportionnée, et d'autant plus excessive qu'elle lui avait toujours donné entière satisfaction jusque-là, qu'il restait du temps pour réparer les dégâts et qu'il récoltait le bonus inattendu d'une maison immaculée – mais cela n'avait pas davantage d'importance. C'était lui le client. Ce malencontreux épisode l'avait mis en colère ? À elle de renverser la vapeur et de récupérer son contrat ! Et pas seulement pour étouffer ses complexes. Après s'être longtemps battue pour prouver sa valeur et se rendre indispensable, elle s'était enfin vu offrir la possibilité d'investir dans l'entreprise et n'avait pas l'intention de donner à Sam, copropriétaire et coprésident de Hamilton Garrett, des raisons de regretter cette décision. Duarte leur devait des millions en honoraires et commissions, soit presque autant que tous leurs autres clients réunis. Il était hors de question pour elle de laisser filer ce compte !

Ce ne serait pas facile, mais pas impossible non plus. La froideur du discours de Duarte n'était guère encourageante, Orla aurait presque préféré essuyer une franche bordée d'injures, en fait. Néanmoins elle parviendrait sûrement à le circonvenir, comme elle savait si bien le faire d'habitude face aux interlocuteurs qui rechignaient à lui donner ce qu'elle attendait. Ils finissaient toujours par se ranger à son point de vue. Duarte s'y laisserait prendre comme les autres.

Inspirant profondément pour refouler la panique et faire place à sa détermination coutumière, Orla récupéra au vol ses tennis et sortit de la chambre en trombe.

Tout en courant sur le balcon en mezzanine surplombant le rez-de-chaussée jusqu'au grand escalier de pierre, elle repéra de loin Duarte dans un couloir.

— Attendez ! cria-t-elle.

Elle dévala les marches en spirale, mais Duarte ne s'était pas arrêté. L'avait-il seulement entendue ? Elle essaya encore, un ton au-dessus, en se précipitant vers lui.

— *Conde* de Castro ! Duarte ! Un instant, s'il vous plaît… Je peux tout expliquer.

— Non ! répliqua-t-il sans se retourner avec un geste d'impatience.

— Je ferai tout ce que vous voudrez. Dites-moi !

— C'est trop tard.

Trop tard ? Jamais de la vie ! Orla insista.

— Comment puis-je me racheter ?

— Vous ne pouvez pas.

Bien sûr que si, elle pouvait. Elle allait rattraper le coup. Il suffisait de trouver ce qui lui plairait et le ferait plier. Vite. Une remise, peut-être. Tout le monde aimait négocier, n'est-ce pas ? Même un milliardaire à qui tout réussissait.

— Vous serez exempté d'honoraires pour les trois prochaines années, proposa-t-elle. Cinq ? D'accord, va pour *dix* années.

— Vos honoraires ne représentent rien pour moi, répliqua Duarte, déployant toujours ses longues foulées avec Orla sur ses talons, pieds nus, essoufflée. Si vous croyez que je vais rester client de votre compagnie, vous commettez une grossière erreur, encore une !

— Soit. Dans ce cas… Je ferai un don à l'œuvre caritative de votre choix.

— Vous ne pourrez jamais vous permettre les sommes que je distribue déjà.

L'argument était imparable. Orla jura en son for intérieur.

— Je demanderai que votre compte soit confié à quelqu'un d'autre, suggéra-t-elle, non sans une réticence qui l'étonna elle-même.

Qu'à cela ne tienne, aux grands maux, les grands remèdes !

— Non.

Bien, songea-t-elle. Et d'un autre côté, pas bien du tout !

Face à une telle intransigeance, elle n'avait plus guère d'atouts en main. Le désespoir pointa – mais pas question de s'avouer vaincue.

— Si vous vous arrêtiez un moment, que nous puissions discuter ?

— Il n'y a rien à discuter.

— Vous avons-nous déjà donné des raisons de vous plaindre, par le passé, chez Hamilton Garrett ?

— À l'instant, oui.

— La conférence aura lieu dans trois semaines, plaida Orla. Cela nous laisse largement le temps de tout préparer…

— Là n'est pas la question.

Alors, quoi ? Quel était le problème ? Orla n'y comprenait plus rien. Soit, elle avait commis une faute qui la faisait encore frémir de honte, mais objectivement ce n'était pas la fin du monde, tout de même… Que se passait-il donc ?

Duarte ne lui avait jamais paru particulièrement excentrique, au téléphone. Ses requêtes étaient même plutôt raisonnables, comparées à d'autres. L'homme était-il seulement têtu, buté ? Eh bien, elle aussi avait de la pugnacité à revendre !

L'enjeu ici n'était pas seulement ce compte client majeur dont elle était responsable. De l'issue de cette affaire dépendaient aussi le respect et la confiance de Sam, et même sans doute son propre équilibre mental.

— Il doit bien y avoir *quelque chose* que je puisse faire pour vous convaincre de changer d'avis, haleta-t-elle.

— Non.

Allons ! Tout humain avait au moins un point faible. Et Duarte n'était pas un dieu, malgré les apparences…

*Réfléchis !* s'intima Orla tout en veillant à se maintenir à sa hauteur dans ce dédale de couloirs interminable.

Que voulait cet homme qu'il n'ait déjà, et qu'elle serait la seule à pouvoir lui fournir ? Qu'est-ce qui serait irrésistible à ses yeux ? Impossible à refuser ?

Elle fouilla dans ses souvenirs avec l'énergie du désespoir, feuilleta mentalement le dossier Duarte de Castro e Bragança, échanges téléphoniques, articles de presse, en quête d'une information, d'un détail, n'importe lequel, susceptible de…

Ah !

Oui ! Voilà. Elle l'avait. Elle le tenait, grâce à Dieu, ce défi ultime, tout sauf simple, d'une difficulté insigne même, sans quoi Duarte l'aurait déjà relevé lui-même… Pas grave. Réaliser l'impossible, c'était son job. Elle avait ses méthodes, son réseau, son savoir-faire pour y parvenir. Cela supposait une bonne dose de créativité et de souplesse, mais elle trouverait un moyen. Elle en trouvait toujours.

— Et que diriez-vous d'un… Château-Lafite 1869 ?

Avec une cervelle en parfait état de marche et un soupçon d'instinct de survie, Duarte s'en serait tenu à son plan – boucler cet endroit et ficher le camp vite fait, afin de pouvoir se ressaisir et réinstaurer le cours normal des choses, qui avait volé en éclats dès qu'il avait été informé d'une effraction dans cette maison.

Il était arrivé sur sa propriété depuis moins d'une heure lorsque la nouvelle lui était parvenue. Il n'avait pas attendu les détails. Son projet de passer la soirée au milieu des vignes, ce qui apaisait ses pensées et l'ancrait mieux que tout ces jours-ci, avait tourné court. Un brouillard obscur et tourbillonnant l'avait envahi, affolant son pouls et sa raison. Il avait repris sa voiture et foncé directement ici, laissant un nuage de poussière dans son sillage.

*Une effraction*, se répétait-il, aveuglé par la colère, prêt à en découdre. Et puis il avait trouvé cette blonde inconnue dans son lit, et le brouillard s'était épaissi. Les femmes se donnaient beaucoup de mal, naguère, pour attirer son attention, comme son épouse, par exemple, qui était tombée délibérément enceinte pour l'obliger à lui passer la bague au doigt. Que voulait donc celle-ci ?

La découverte de son identité avait quelque peu éclairci le mystère, sans pour autant entamer sa détermination à éjecter cette intruse de sa vie. Jamais il ne déviait d'un plan arrêté.

Et pourtant.

Déstabilisé, meurtri, à la mention du vin qu'il convoitait depuis des années, Duarte pila net et fit volte-face.

— De quoi parlez-vous ?

Orla le regarda fixement comme si elle non plus n'y comprenait plus rien, le souffle altéré, les joues rosies. Puis elle croisa les bras et carra les épaules.

— Vous me jugez incompétente ? lança-t-elle, les yeux luisant d'un éclat de bronze qui fit perdre momentanément à Duarte le fil de ses pensées. Laissez-moi vous prouver que c'est faux. Le seul objet matériel que vous convoitez sans parvenir à l'obtenir est une bouteille de Château-Lafite 1869. J'ai lu cette information dans un article, il y a quelque temps. Eh bien, cette bouteille, je vous la trouverai. Donnez-moi vingt-quatre heures.

D'abord soufflé, Duarte recouvra d'un coup le sens des réalités. Sérieusement, elle s'imaginait que ce serait aussi facile ? Si elle savait ! Voilà des années qu'il tentait de mettre la main sur ce nectar, sans succès. Il avait tout essayé. La persuasion, la négociation, la corruption, en désespoir de cause. Peine perdue. Que pourrait faire Orla Garrett en vingt-quatre heures ? Quelques coups de fil, rien de plus…

— C'est un grand cru extrêmement rare, répliqua-t-il d'un ton cinglant.

— Je n'en doute pas.

— Il n'en existe que trois bouteilles.

À ces mots, Orla pâlit légèrement.

— Trois ?

— Trois. Et aucun des heureux possesseurs n'est disposé à vendre.

— Ma foi, dit-elle en redressant le menton, pas à vous, peut-être.

Quoi, ils seraient tout à coup disposés à lui céder à elle leur trésor, peut-être ? Cette fille nageait en plein délire.

— Vous êtes folle !

— Au contraire. Je ne me suis jamais sentie aussi saine d'esprit.

En effet, elle avait recouvré des couleurs, son regard étincelait d'une froide résolution. Elle semblait très sûre d'elle tandis que, lui, avait la sensation que le sol se décomposait sous ses pieds. Il était trop proche d'elle. Chaque cellule de son corps était en état d'alerte. Il pouvait même distinguer un cercle brun bordant les iris dorés. Un parfum frais, floral, lui montait à la tête, du gardénia peut-être, associé à une note de rose subtile et peut-être… de sel marin. Le sang se mit à pulser dans ses veines. Le besoin de la toucher brûlait si fort en lui qu'il recula vivement d'un pas et fourra les doigts dans sa tignasse avant que son sang-froid vacillant ne le lâche tout à fait.

— Qu'est-ce qui vous rend si sûre de réussir là où j'ai échoué ? demanda-t-il d'une voix tendue.

— L'expérience. Ma ténacité. De plus, je n'échoue jamais.

Orla Garrett affectait un ton détaché, mais Duarte détecta une pointe d'acier dans sa voix, suggérant une histoire qui aurait piqué sa curiosité, s'il y avait trouvé un tant soit peu d'intérêt. Ce n'était pas le cas. Tout ce qu'il voulait, c'était oublier que cet après-midi avait existé et retourner étouffer sa culpabilité et ses regrets sous une montagne de travail.

Dans vingt-quatre heures, cette femme serait partie. Sa belle confiance, même mal placée, forçait l'admiration, mais elle perdrait son pari insensé. Il devrait alors trouver quelqu'un d'autre pour préparer la Quinta en vue de la conférence, quelle guigne ! Mais qu'importe, il paierait ce qu'il faudrait. Cette conférence n'était pas à prendre à la légère.

Chaque année, des représentants des cinq plus importantes exploitations viticoles familiales du monde se réunissaient pour analyser les tendances, partager d'éventuels soucis de viniculture, et dans l'idéal les résoudre, et plus généralement discuter œnologie. Cette fois c'était à lui d'accueillir ses confrères et consœurs, une première depuis qu'il avait pris les rênes de l'entreprise, trois ans et demi plus tôt, lorsque la nouvelle de sa future paternité avait éveillé un sens des responsabilités assez inattendu chez lui, que son propre père s'était empressé de mettre à profit pour prendre sa retraite.

Beaucoup, influencés par les unes des tabloïds, s'attendaient à ce qu'il torpille son capital en vendant tous les actifs pour s'offrir du bon temps, en dépit des vingt pour cent de hausse des bénéfices réalisés depuis son entrée en fonction. Duarte se fichait complètement de l'opinion de ces gens-là. Cette entreprise qui affichait près de trois siècles d'existence lui tenait réellement à cœur. Son succès reposait sur la renommée de ses vins et il n'était pas près de donner à quiconque une raison de la salir, pas plus que d'écorner sa propre image.

— Alors, nous sommes d'accord ? dit-elle, l'arrachant à ses pensées sombres. Si je parviens à vous procurer cette bouteille de vin hors d'âge d'ici demain, même heure, vous reconnaîtrez mes compétences, et notre collaboration pourra se poursuivre ?

*Certainement pas*, songea Duarte. Orla avait eu sa chance et l'avait gâchée. Il avait un plan et entendait s'y tenir. Pas de concessions. Pas de compromis. Il en avait eu son compte du temps de sa relation avec Calysta, pardonnant plus d'une conduite outrageante et sacrifiant pour finir sa liberté au nom de ce qu'il croyait juste. Il s'était juré de ne plus jamais se retrouver acculé dans une telle situation.

Toutefois…

Et si elle réussissait ?

Quelque part au fond de sa cervelle la témérité n'avait pas dit son dernier mot et la question persistait à jaillir, bousculant ses résolutions. Si Orla gagnait son pari, il serait en possession d'une bouteille convoitée depuis des années. Envolé aussi, le casse-tête de devoir trouver une autre équipe pour achever le travail qu'elle avait commencé… Et puis, il y avait cette attirance, ce désir brûlant qui lui échauffait le sang et d'autres zones du corps qu'il croyait anesthésiées depuis longtemps et qui réclamaient leur dû avec insistance.

En dépit de la réputation acquise dans sa jeunesse – une réputation tout à fait méritée, il n'avait pas honte de l'admettre –, la romance ne le tentait pas une seconde aujourd'hui. C'était à ses yeux un champ de mines dans lequel il n'avait aucune intention de s'aventurer, une source de désordre, de chaos, de tourments inavoués et de rancœur. Déposé entre de mauvaises mains, l'amour pouvait se révéler destructeur et source de désespoir.

Non qu'il en ait fait lui-même l'expérience – il avait épousé Calysta seulement parce qu'elle était enceinte. Un sens moral assez étonnant, dont il n'avait pas conscience jusque-là, l'avait incité à prendre ses responsabilités en vue de donner son nom à leur enfant. Jamais il n'oublierait le moment où il avait appris que cette grossesse n'était pas un accident, comme on le lui avait d'abord laissé entendre. Ils se disputaient, ce soir-là, au sujet de leur mode de vie. Tandis qu'il était déterminé à se retrousser les manches pour entamer une nouvelle vie plus sérieuse et mature, Calysta comptait fermement continuer à brûler la chandelle par les deux bouts et à faire la fête tous les jours. Dans le feu du débat, elle avait soudain hurlé qu'elle regrettait d'avoir arrêté la pilule. Et la Terre s'était arrêtée de tourner. Duarte avait exigé, et obtenu, des explications. Tout le respect que pouvait lui inspirer la future mère de son enfant s'était alors évaporé. On l'avait trahi. On l'avait pris pour un imbécile. En quelques minutes, il avait perdu la faculté d'accorder sa confiance à autrui.

Les cicatrices étaient encore là, bien présentes. Voilà plus de trois ans qu'il s'abstenait de toucher une femme. C'était long, très long pour un homme dont la vie sexuelle relevait naguère du défilé permanent. Voilà pourquoi, peut-être, il avait une conscience aussi vive des joues empourprées d'Orla, du feu de son regard, de la façon dont sa poitrine se soulevait encore par à-coups après l'effort consenti pour le rattraper dans le couloir. Voilà pourquoi aussi il pouvait si facilement l'imaginer de retour dans son lit là-haut, ses boucles blondes éparpillées sur l'oreiller. Cette fois elle le mangerait de ses beaux yeux topaze scintillant de convoitise, sa bouche délicate incurvée en un sourire voluptueux destiné à lui seul, au lieu de rêver d'un autre. Si elle s'attardait ici pour achever sa mission, il aurait l'occasion d'approfondir ce scénario alléchant… et qui sait, de mettre fin à la disette sexuelle qu'il s'infligeait.

Tout bien considéré, ces divers arguments convergeaient vers une même conclusion – le pour l'emportait sur le contre. Modifier ses plans ne témoignait pas d'une faiblesse, mais relevait au contraire d'une habile stratégie. Les compromis, les concessions ne seraient pas nécessaires. Il garderait le contrôle d'un bout à l'autre.

— Nous sommes d'accord, dit-il.

# 3.

Orla avait quitté la Casa do São Romão avec une liste de choses à faire plus longue qu'à l'arrivée, mais tout en chargeant ses affaires dans le coffre de sa voiture de location, elle s'était refusée à envisager la possibilité de ne pas en venir à bout. En démarrant, elle s'était fermement promis de consacrer toute son énergie à relever ce défi imprévu, le plus corsé qui se soit présenté à elle jusque-là, sans aucun doute. Pour cela, il lui faudrait oublier provisoirement l'enjeu que cela représentait – son travail, rien de moins, et tout ce qui s'y rattachait. Elle ne pouvait pas se permettre de céder à la panique. Toutes ses facultés physiques et mentales ne seraient pas de trop pour réussir.

À peine arrivée à son hôtel après un bref passage à la vénérable Quinta pour évaluer les lieux qui hébergeraient la conférence, elle avait contacté le bureau de Londres et appris, à son grand désespoir, que l'erreur était entièrement de son fait. Elle n'avait pas perdu de temps toutefois à essayer de comprendre comment elle avait pu interpréter de travers le courriel contenant les instructions de Duarte. Elle était passée tout de suite à l'action. La Quinta étant trois fois plus vaste que la Casa et le temps pressant, elle s'était adjoint les services d'une équipe recrutée auprès d'une entreprise locale pour la préparer. Elle se rendrait chaque jour sur place, par précaution, pour superviser les opérations.

Une fois ce problème réglé, Orla s'était lancée dans la quête du vin, qui s'était avérée aussi complexe que prévu.

La révélation de l'existence de trois bouteilles seulement de ce fameux cru l'avait sonnée, mais elle avait réussi à garder son sang-froid et, quelques heures plus tard, apprenant que ces bouteilles avaient été vendues séparément aux enchères à Londres quinze ans plus tôt, elle s'était retroussé les manches. Elle connaissait bien les commissaires-priseurs des salles de ventes. Un coup de fil de dix minutes avait suffi pour obtenir tous les détails. Les acquéreurs dont elle avait suivi la trace jusqu'à Zurich et New York n'avaient rien voulu entendre. Quant à la bouteille localisée en France, eh bien… La négociation, ardue, patiemment menée, avait fini par aboutir, miracle !

Résultat, Orla était de nouveau au sommet de sa forme ce soir et comptait bien le rester.

Impossible que Duarte lui fasse le même effet que la veille, se dit-elle fermement en traversant d'un pas martial l'ancien chai entre deux rangées de fûts de chêne empilés jusqu'au toit, dans le riche parfum de porto qui imprégnait l'air dans cet espace clos. Hier les circonstances étaient particulières. Il s'était retourné si brusquement dans le couloir qu'elle avait failli le heurter une seconde fois. Il l'avait regardée un moment sans rien dire. À ce souvenir, son corps s'échauffa malgré elle. Le regard sombre, hostile, avait plongé dans le sien comme pour tenter de lire dans son âme et, bizarrement, le temps avait paru s'arrêter. Tout était devenu flou soudain autour d'eux, elle ne voyait plus que lui. Les seins tendus, la bouche sèche, elle se sentait en feu et frissonnante à la fois et ne s'était ressaisie qu'au prix d'un effort surhumain.

Rien de tel ne se produirait ce soir. Le rendez-vous avait été convenu une heure plus tôt, il n'y aurait donc plus de surprises. Plus de chocs crâniens ni de vertiges incongrus. Finis ces moments hors du temps, ces battements de cœur affolés, ces étincelles sur la peau qui lui troublaient l'esprit. Son travail était sauvé. Elle avait réussi l'impossible. Elle avait prouvé sa valeur aux yeux de Duarte et, plus important encore, à ses propres yeux. Cela seul comptait.

Parvenue sur le seuil de la pièce dans laquelle elle avait été conviée, Orla redressa les épaules et prit une profonde inspiration. L'impatience qu'elle ressentait, ces petites décharges d'adrénaline… Tout cela était naturel. Le succès d'un projet était toujours source d'excitation, surtout si un enjeu énorme venait ajouter à la pression.

Expirant lentement, elle frappa à la porte.

— *Entra.*

La pièce se révéla un bureau complété d'un salon. Orla nota du coin de l'œil un canapé, une table basse, un buffet, des meubles de classement… Puis son regard atterrit sur Duarte, et le reste du décor s'évanouit dans la brume comme par enchantement.

Grand, ténébreux, il était assis à sa table de travail, nimbé d'une chaude lumière dorée déversée par le soleil couchant à travers la fenêtre ouverte derrière lui. En détournant les yeux, peut-être aurait-elle admiré la rivière scintillant au pied des collines qui ondulaient à l'horizon et dont les terrasses couvertes de vignes denses s'étiraient, verdoyantes, à perte de vue. Peut-être aurait-elle trouvé la sérénité dans cette vaste pièce très aérée, au carrelage frais, aux murs bruts chaulés de blanc. À son grand désarroi, elle en fut incapable. En cette seconde, prisonnière du magnétisme puissant de son hôte, elle se sentait tout sauf sereine et triomphante, plutôt sur le qui-vive, comme dans l'attente que quelque chose se produise, mais quoi ? L'oxygène s'était raréfié, subitement. Le moindre frottement sur sa peau de sa robe courte en lin, pourtant très fluide, éveillait des frissons malvenus.

— Vous l'avez ? demanda-t-il.

Ce timbre grave…

Troublée, Orla se demanda un instant de quoi il parlait. Avait-elle… toute sa tête ? Son sang-froid ? Apparemment pas, car c'était à peine si elle se souvenait de son propre nom. Les rêves sensuels qui avaient coloré sa courte nuit de sommeil accaparaient sa mémoire, si détaillés, si vivaces qu'elle se sentait défaillir. Nom d'un chien, on étouffait ici !

*Assez.* C'était inacceptable. Elle était venue ici en professionnelle, pour travailler. Il était urgent de se ressaisir.

— Oui, dit-elle en s'avançant vers lui, les bras serrés autour de son précieux chargement. Tenez. Alors, impressionné ?

Duarte ne répondit pas. Les yeux ronds, il fixait le carton qu'elle venait de déposer devant lui avec un émerveillement à peine dissimulé. Puis, lentement, il tendit la main, détacha le ruban adhésif et souleva le couvercle.

Le regard d'Orla s'attacha aux grandes mains brunes, puissantes, qui soulevaient la bouteille et la faisaient tourner d'un côté, puis de l'autre, avec grande précaution. De longs doigts saupoudrés d'un léger duvet brun, des ongles nets qu'elle imaginait sans mal glissant dans ses propres cheveux, sur son corps, sa peau et…

— Asseyez-vous, murmura Duarte.

Orla obéit comme un automate. Son plan était de présenter la bouteille, de rappeler à Duarte leur accord puis, une fois assurée de garder ce client, de retourner travailler. Une conversation n'en faisait pas partie. Ces palpitations dans le ventre, cette faim soudaine, ces jambes toutes molles non plus.

— Racontez-moi comment vous avez fait.

Orla hésita. D'ordinaire elle ne révélait jamais ses méthodes ni ses sources, qui étaient son trésor de guerre. Son petit carnet noir contenant ses notes et ses contacts valait une petite fortune. Mais dans ce cas précis, Duarte étant impliqué personnellement dans la transaction finale, elle pouvait en partager tout au moins les grandes lignes.

— J'ai passé quelques coups de fil, dit-elle. J'ai localisé une bouteille à Zurich, une deuxième à New York et celle-ci, la troisième, en France. Elle est arrivée de Nice par vol direct il y a une heure.

Duarte haussa un sourcil.

— C'était aussi simple que cela ?

À la vérité non, mais elle n'allait sûrement pas s'étaler sur les angoisses vécues tout au long de ce parcours du combattant, les émotions oscillant entre frayeur et soulagement, la lenteur des minutes tandis qu'elle guettait l'arrivée de la bouteille acquise…

Tant de choses auraient pu mal tourner. L'avion aurait pu s'écraser. Le carton aurait pu être lâché par mégarde. Ou volé en cours de route. De quoi lui mettre les nerfs à vif jusqu'au moment où le vin était enfin arrivé entre ses mains. Mais cela, Duarte n'avait pas besoin de le savoir.

— La logistique et l'assurance ont demandé un travail assez acrobatique. Il a aussi fallu du temps pour établir que la bouteille avait été conservée avec le soin adéquat apporté au contrôle de la température et de l'hygrométrie. Mais au total, ce n'était pas si compliqué, dit-elle d'un ton détaché.

— Vraiment ? Vous n'avez eu qu'à demander, et Antoine Baudelaire vous a cédé la bouteille ?

— Pas tout à fait.

Duarte fronça les sourcils. Orla s'agita sur sa chaise. Le plus difficile était à venir.

— M. Baudelaire a offert la bouteille à sa fille il y a six mois pour son anniversaire, expliqua-t-elle, priant pour que Duarte se montre raisonnable lorsqu'elle dévoilerait les termes de l'accord. C'est donc avec elle que j'ai négocié. Au téléphone d'abord, puis en visioconférence.

— Sa fille ?

— Isabelle, oui.

— À quel prix ?

Il y avait bien un prix à payer, à quoi bon prétendre le contraire ? L'argent n'avait pas fonctionné. Elle avait dû faire preuve de créativité.

— Isabelle Baudelaire organise un bal de charité à Noël. Il se trouve qu'elle cherchait un invité d'honneur pour doper à la fois les inscriptions et les donations pour la vente aux enchères. À présent, elle en a un.

Duarte se renversa contre son dossier en la foudroyant du regard. La température ambiante chuta brusquement. Orla frissonna malgré elle.

— Vous m'avez vendu, murmura-t-il.

— J'y vois plutôt une prestation de services en échange d'un bien.

— Ben voyons.

Le ton était glacial, tout en retenue. Il était furieux. Le cœur d'Orla se serra.

En tout état de cause, Duarte ne sortait pas beaucoup ces temps-ci et l'idée d'un bal, de l'énergie et de la joie qui allaient avec, devait lui sembler fastidieuse. Toutefois il ne s'agissait que d'une petite soirée. Elle avait jugé l'échange équitable, toute à son soulagement d'avoir acquis la bouteille dans les temps impartis.

— Croyez-moi, ajouta-t-elle, vous vous en sortez bien.

— Vraiment ?

— Elle vous voulait aussi comme cavalier.

Isabelle avait été intarissable sur Duarte. Elle avait lu tout ce qu'il y avait à lire à son sujet, scruté chaque photo, et s'imaginait déjà ramener l'amour dans sa vie pour peu qu'ils parviennent à se croiser. Si elle avait pu voir l'expression horrifiée de Duarte en cette seconde, elle aurait sûrement revu ses projets.

— Elle doit être à peine majeure !

— Vingt ans tout rond. Et vous en avez trente. J'ai souligné ce point. Isabelle a fini par entendre raison.

Elle s'était surpassée en diplomatie pour obtenir gain de cause, mais pour rien au monde elle n'aurait accepté cela. Offrir le temps de Duarte et son influence c'était une chose, jouer les marieuses en était une autre. Pour une raison inconnue, la seule idée de la vive et sublime Isabelle battant des cils devant Duarte lui donnait envie de vomir.

— Suis-je censé vous en être reconnaissant ?

— Je peux toujours rendre le vin, vous n'avez qu'un mot à dire, répliqua Orla, tournant ostensiblement les yeux vers la bouteille un peu bancale, moulée avant l'arrivée des techniques modernes, qui trônait sur le bureau dans toute son humble splendeur d'antan.

Duarte serra les dents.

— Non.

*Gagné*, songea Orla tandis qu'un sentiment de triomphe la submergeait.

Orla Garrett croyait avoir gagné. Duarte le voyait à son air satisfait, à la petite flamme dansant au fond de ses yeux. Elle était très contente d'elle-même. Objectivement, ce moment de triomphe était mérité, elle avait déjoué tous les pronostics et réussi là où il avait toujours échoué. La raison commandait de s'incliner devant l'exploit accompli. Elle était clairement géniale.

Seulement cet accord conclu pour s'approprier le vin lui restait en travers de la gorge. Orla l'avait impliqué dans la négociation sans son consentement. Elle l'avait utilisé pour atteindre son but, et ce sentiment qu'il éprouvait d'avoir été encore une fois manipulé le renvoyait à une époque où on l'avait pris pour un imbécile, une époque qu'il s'évertuait à oublier.

Son esprit s'embruma à mesure qu'affluaient les souvenirs de Calysta, de ses calculs, de son inconstance. L'émotion bouillonnait et son instinct le conjurait d'agir pour la museler. Il devait reprendre la main, renverser le rapport de force en sa faveur.

Rien de plus simple, à première vue, puisqu'il avait toutes les cartes en mains. Il était client d'Orla, donc son patron, en un sens. Elle s'était mise en quatre pour le satisfaire. Pourtant… Il avait l'étrange sensation que l'essentiel pour elle était ailleurs. Cet air fiérot dénotait un soulagement infini. Il songea aussi à la note de désespoir dans sa voix la veille, alors qu'elle lui courait après en le suppliant de ne pas quitter sa compagnie. Autant de signes laissant penser que l'enjeu ici dépassait la simple perte d'un bon client. Et si le souci premier d'Orla était de se racheter à ses propres yeux, plutôt que de le contenter ?

Soudain piqué au vif, Duarte s'éclaircit la voix.

— Votre stratégie était risquée, dit-il sèchement.

— De quel point de vue ?

— Vous comptez sur moi pour respecter votre part du contrat…

À ces mots, le sourire d'Orla s'évanouit.

— Vous voulez dire que… vous ne la respecterez pas ?

— Je dis juste que les suppositions sont imprudentes, répliqua-t-il, satisfait de redevenir maître du jeu.

La colère flamba dans le regard de son interlocutrice.

— En revenant sur les termes de cet accord, vous détruirez ma réputation…

— Vous auriez dû y penser avant de décider de vous servir de moi.

— J'y ai pensé, figurez-vous. Il s'agit d'une soirée, une seule, à peine quelques heures de votre temps. Je me suis laissé dire que vous étiez un homme intègre et fair-play, Duarte. Serait-ce faux ?

— Non.

— C'est bien ce que je pensais. Si j'ai pris un risque, il était calculé. J'ai considéré qu'une soirée était un prix léger à payer pour un bien que vous recherchez depuis des années. Et oui, vous pourriez refuser de soutenir ce bal de charité si l'envie vous en prenait, sans doute, mais il y a ici un enjeu pour moi que vous ne mesurez pas…

— Lequel ? demanda Duarte, les yeux plissés.

— Mon gagne-pain, pour commencer.

— Quoi d'autre ?

— N'est-ce pas suffisant ? rétorqua Orla en se redressant. J'ai travaillé comme une folle pour décrocher la place que j'occupe aujourd'hui. Ne vous avisez pas de me détruire simplement parce que vous en avez les moyens !

Il ne s'était donc pas trompé… Au-delà de sa réputation ou de son travail, sa personne était en danger. À présent la curiosité le gagnait. Qu'avait-elle en tête ? Qu'y avait-il réellement derrière l'offre de relever un défi impossible ? Et après réflexion, que faisait-elle ici sur le domaine, à veiller en personne à l'exécution de ses consignes ? De qui rêvait-elle, endormie dans son lit à lui ?

Duarte tressaillit, soudain conscient d'avoir besoin de réponses. Pourquoi ? Il n'en avait aucune idée. Plus étrange encore, le fait qu'Orla se soit servie de lui comme levier dans ses négociations lui semblait moins grave, maintenant.

Peut-être sa cervelle était-elle court-circuitée par l'énergie rageuse qui pétillait autour de la jeune femme et la nimbait d'une aura magnifique, éblouissante. Et puis, en tout état de cause, l'accord passé avec Isabelle Baudelaire n'avait rien de scandaleux. À une époque, avant sa rencontre puis son mariage de raison avec Calysta, il sortait beaucoup. Il organisait lui-même des fêtes extravagantes. Et comme l'avait souligné Orla, ce serait l'affaire d'un soir, pour une bonne cause de surcroît. Rien d'insurmontable, n'est-ce pas ?

Par ailleurs, s'il acceptait ces conditions, leur contrat ici tiendrait toujours. Orla resterait donc au Portugal pour gérer la préparation de la conférence, ce qui présentait des avantages allant bien au-delà du côté pratique. Car à un moment au cours des vingt-quatre dernières heures, il avait été obligé de reconnaître qu'il avait envie d'elle.

Très envie.

Pourquoi, sinon, aurait-il changé d'attitude à l'instant où elle avait mentionné le vin, alors qu'il s'en tenait *toujours* à ses plans ces derniers temps ? Pourquoi se serait-il écroulé sur le canapé dans cette pièce étouffante la veille, au lieu de retourner dans son bel appartement de Porto rafraîchi par la brise marine, comme il en avait l'intention au départ ?

Il s'était dit que c'était juste pour gagner du temps et respecter la planète qu'il laissait l'hélicoptère au garage, s'épargnant un aller-retour dans sa ville natale, distante de quelque deux cent cinquante kilomètres. Cependant, cela n'expliquait pas le trouble qu'il avait ressenti toute la journée ni l'impatience qui le tenaillait depuis qu'il avait reçu le texto d'Orla réclamant de fixer un lieu de rendez-vous. Encore moins sa frustration de ne pas la croiser de tout le jour, alors qu'il s'était rendu entièrement disponible.

Non, il rêvait en réalité d'arracher cette robe que les rayons du soleil couchant rendaient translucide et de l'entraîner sur le canapé tant cela lui embrouillait les idées, déjà passablement perturbées par le manque de sommeil. La nuit avait été pénible. Et pas seulement du fait que son mètre quatre-vingt-dix dépassait de ce fichu canapé deux places. Enserré dans l'obscurité tiède et veloutée, dans un silence à peine troublé par les grillons stridulant dans les vignes, il s'était tourné et retourné sur les coussins en se repassant sans cesse les événements de la journée.

Et s'il avait baisé la bouche d'Orla pour la réveiller, au lieu de lui secouer l'épaule ? Telle était la pensée folle qui lui tournait dans la tête, à lui qui n'avait pourtant rien d'un prince charmant. S'il avait profité de la flambée de désir entraperçue dans ses yeux juste avant qu'elle ne bondisse hors du lit ?

Sans se soucier une seconde de la morale, son imagination lancée à plein régime s'était déchaînée, le bombardant de visions de leurs deux corps enflammant les draps jusqu'à ce qu'il se voie contraint de courir jusqu'à une vieille salle de bains désaffectée prendre une douche glacée pour s'apaiser.

— D'accord, dit-il, la tête débordant d'idées pour tirer le meilleur profit de la situation qui se présentait à lui. J'honorerai ma part du contrat. Ainsi que mes engagements vis-à-vis de Hamilton Garrett.

# 4.

*Dieu merci*, songea Orla, si soulagée que son corps s'amollit de la nuque aux orteils.

La situation avait failli déraper, et ce revers inattendu l'avait complètement déstabilisée. La catastrophe avait été évitée de justesse. L'erreur qu'elle avait commise était désormais réparée, son travail sécurisé, sa réputation intacte et ses démons enterrés. Mission accomplie !

Le calme revenu, elle payait maintenant cet effort surhumain de contrôle sur soi. La fatigue la rattrapait. Étouffant un bâillement, elle se leva, tous les muscles endoloris.

— Où croyez-vous aller comme ça ? demanda Duarte.

— Au lit, marmonna-t-elle, titubant presque à l'idée de retrouver le matelas si confortable de l'hôtel. Je viens de vivre vingt-quatre heures particulièrement mouvementées.

— Ne partez pas tout de suite. Restez, buvons un coup ensemble.

À ces mots, Orla se figea, oubliant son besoin désespéré de fuir. La voix de Duarte avait changé. Elle n'avait plus rien de froid. Le ton était plus doux, plus léger. Il ressemblait davantage au personnage qui hantait ses rêves.

Intriguée, elle se retourna, le cœur battant.

Le regard intense de Duarte fixé sur elle lui donna la chair de poule. Il y avait tout au fond une lueur résolument canaille, assortie à son sourire dévastateur. Un frisson la secoua, une onde de chaleur se répandit dans son ventre. Que mijotait-il ?

Pourquoi cette petite flamme dans ses yeux, ce sourire ? Ce brusque changement d'attitude ?

Et puis, quelle importance… Lasse, en pleine confusion, ses défenses au plus bas, elle aurait dû ignorer la question et poursuivre son chemin. Elle n'avait pas besoin de petites flammes et de frissons. Au contraire. Un répit loin de ce tentateur s'imposait pour recouvrer un peu d'énergie.

— Merci, mais non, dit-elle.

— Ce serait du gâchis de le boire seul, fit observer Duarte avec un geste vers la bouteille de Château-Lafite.

— *Lui ?* balbutia Orla, interdite.

— Oui.

— Vous comptez le *boire* ?

— Absolument.

Elle le regarda, incrédule. Avait-il perdu l'esprit ? Le coup sur la tête hier avait peut-être fait plus de dégâts qu'il n'y paraissait.

— Mais… ce vin a plus de cent cinquante ans d'âge ! Il vaut un quart de million de dollars ! Si vous le buvez, ce sera fini. Toute une histoire et une fortune fichues en l'air en quelques minutes… Sa place ne serait-elle pas plutôt dans un musée ?

— Il est à moi, non ?

— Oui, mais…

— Je ne me suis pas lancé dans cette quête juste pour le posséder et l'admirer de loin pendant qu'il se couvrait de couches de poussière supplémentaires. Je l'ai voulu pour son passé. Je l'ai voulu pour le savourer, l'apprécier, apprendre de lui. Laissons donc Zurich et New York exposer leurs bouteilles derrière une vitrine. Je ferai ce qui me plaît avec la mienne.

— Bien sûr, murmura Orla. Ce que vous décidez d'en faire ne me regarde pas. Mais de grâce, gardez-le pour vos invités pendant la conférence. Avec moi, ce serait du gaspillage, je ne connais rien au vin. Je suis plutôt du genre cocktails avec une petite ombrelle.

— Alors je vais vous apprendre.

Là-dessus il se leva et, sous les yeux horrifiés d'Orla, se dirigea vers le buffet de l'autre côté de la pièce.

— Et si je n'ai pas envie d'apprendre ? répliqua-t-elle.

— Votre travail ne consiste-t-il pas à veiller à l'exécution de mes moindres requêtes ?

Laissant cette question qui n'en était pas une planer dans l'air, Orla plissa les yeux. Cet homme si beau se montrait aussi déterminé, impitoyable, et n'était clairement pas habitué à essuyer un refus.

Un soupir lui échappa. Les raisons pour lesquelles Duarte voulait partager ce vin avec elle restaient un mystère, mais elle avait le sentiment de se trouver encore en terrain instable. Il était son client, donc il avait tous les droits, dans des limites raisonnables. Qu'il fasse donc son show ! Elle se bornerait ensuite à prendre une petite gorgée avant de battre enfin en retraite.

— Soit, dit-elle entre ses dents.

— Parfait ! Venez donc me rejoindre.

Armé à présent d'une carafe à décanter et d'un tire-bouchon, Duarte saisit le quart de million de dollars qu'il s'apprêtait à laisser couler dans sa très jolie gorge brune et se dirigea vers le coin salon.

Sur un plateau disposé au centre de la table basse trônaient six verres posés à l'envers. Orla jeta un regard angoissé à l'unique siège disponible, un canapé plutôt étroit, dont Duarte occupait déjà la plus grande partie. Elle songea à tirer jusque-là la chaise en bois sur laquelle elle était assise tout à l'heure, mais y renonça très vite. Trop lourde à déplacer. Elle inspira à fond pour recouvrer un brin de sérénité, se répétant que tout irait bien, qu'il ne s'agirait que de tremper les lèvres dans du vin après tout, et alla s'installer dans le coin du canapé le plus éloigné de Duarte.

Ses craintes furent vite confirmées. Duarte lui volait son oxygène, sa proximité l'étourdissait, entamait son sang-froid, et l'alcool ne ferait sans doute qu'empirer les choses…

Pourtant elle ne trouva pas la force de bouger. Pire, en

le regardant épousseter le goulot de la bouteille et retirer la capsule avec précaution, elle éprouva surtout l'envie inverse. Se rapprocher de lui, se coller tout contre. Histoire de tester de plus près la fermeté de ces pectoraux appétissants révélés par le col défait de la chemise. Ses doigts la démangeaient…

— Le raisin qui a donné naissance à ce vin poussait du temps où la reine Victoria était sur le trône d'Angleterre, déclara Duarte, inclinant la carafe pour y verser lentement le contenu de la bouteille. Ulysses S. Grant était Président des États-Unis. Des échos de la Révolution et de Bonaparte résonnaient encore en France. L'été était chaud et sec à Bordeaux cette année-là, parfait pour la croissance et la récolte. Le vignoble venait d'être acquis par le baron de Rothschild. C'est la première cuvée mise en bouteille sous sa direction. Rien n'était mécanisé. Le raisin a été cueilli à la main et transporté en charrette, foulé par les pieds d'une centaine de villageois et non passé au pressoir comme aujourd'hui.

Cette voix profonde, hypnotisante, aspirait Orla dans une transe sensuelle dont elle avait perdu toute envie d'émerger. Elle était là-bas, en France, dans le Bordelais. Elle pouvait sentir la chaleur du soleil ; l'odeur âcre de la terre sèche se mêlait au parfum des raisins mûrs, des bribes de français lui parvenaient aux oreilles. Elle avait envie qu'il raconte encore. Qu'il aille au bout de l'histoire. Elle l'aurait écouté des heures.

— Vous brossez un tableau si vivant, lâcha-t-elle d'une voix si éraillée qu'elle se racla la gorge. Vous avez une imagination débordante.

Il reposa la bouteille et lui lança un regard appuyé.

— Je m'en aperçois, en effet.

Qu'entendait-il par là ?

Troublée, Orla s'obligea à fixer la belle carafe en cristal taillé qui valait maintenant une fortune.

— Et s'il avait tourné au vinaigre ? demanda-t-elle.

— Ce n'est pas le cas.

— Comment le savez-vous ?

— Sentez le bouchon, dit Duarte, la main levée vers ses narines.

Elle inhala machinalement, mais ne capta que son odeur à lui. Épices, savon, effluves citronnés… Un cocktail grisant, qui lui tourna la tête.

— Délicieux, murmura-t-elle.

— Très prometteur, renchérit Duarte en souriant.

Il se tourna pour prélever deux verres sur le plateau, versa le vin, toute son attention concentrée sur le liquide rouge sang, puis tendit un verre à Orla.

— Voilà pour vous.

— Vous… Vous avez conscience que ce verre contient environ quarante mille dollars de vin ?

— Oubliez l'argent.

— Facile à dire pour vous. En livres, cela suffirait à rembourser une bonne partie de mon crédit immobilier.

— C'est exact, concéda-t-il avec un petit sourire. Mais ici, ce sont les sens qui importent.

Les sens. Mmm… Orla n'était pas certaine que les siens soient encore bons à grand-chose tant ils étaient débordés, vampirisés par la personne de Duarte. Il occupait tout son champ de vision. Elle n'entendait que sa voix. Son odeur s'était infiltrée dans ses pores, et l'envie de le toucher, le goûter, prenait des proportions inquiétantes.

— Que dois-je faire ? s'enquit-elle du bout des lèvres.

— D'abord vous l'observez. Puis vous le respirez. Ensuite seulement, vous le goûtez.

Seigneur ! Lisait-il dans ses pensées ?

— Posez ceci en dessous, ajouta-t-il en lui tendant un bout de papier blanc, qu'elle prit d'une main tremblante. Penchez un peu le verre. Que voyez-vous ?

S'efforçant de se ressaisir, Orla obéit et scruta le liquide.

— Il est rouge foncé, un peu brun au centre. Plus pâle sur le bord.

— Le vin brunit avec l'âge et devient plus trouble, expliqua Duarte.

— Celui-ci est très clair. Est-ce bon signe ?

— Oui. À présent, redressez le verre et faites-le tourner.

— Dans quel but ?

— Deux choses. D'abord, lorsque le liquide touche la paroi, l'alcool s'évapore et ce qui reste indique la viscosité, ou teneur en sucre. On appelle cela les jambes. Ensuite, cela étend sa zone de contact avec l'air et libère les arômes.

Bizarrement, Orla n'entendit plus rien après le mot « jambes », qui la laissa rêveuse. Les jambes de Duarte… Les cuisses fuselées à quelques centimètres des siennes, leur puissance qui se devinait sous le jean…

— Que voyez-vous ?

— Pas de jambes, répondit-elle, le souffle un peu court. Il est sûrement très sec.

— Vous apprenez vite.

Certes. Elle n'avait pas eu le choix, pour exister dans sa famille il avait fallu travailler dur, savoir se concentrer. La stratégie s'était révélée efficace… sauf dans l'intimité, avec son ex-fiancé Matt, à son grand désarroi.

Orla s'empressa de chasser ce souvenir.

— Je suis douée pour écouter.

— Voyons si vous avez d'autres talents cachés, déclara Duarte, les yeux brillants. Plongez le nez dedans maintenant et respirez.

L'ordre n'avait rien de très affriolant, mais une image s'imposa à elle aussitôt – son nez plongeant dans le cou de Duarte. Un frisson la parcourut. Son nez à lui était bien droit, remarqua-t-elle. Avec des proportions parfaites. Aquilin, même. Un mot qui ne lui était jamais venu à l'esprit jusque-là…

— Que sentez-vous ? demanda-t-il.

— La cerise, répondit-elle sans réfléchir, les arômes du vin s'invitant groupés en elle avant de se scinder en nuances. Des herbes, aussi. Du romarin, peut-être ? Et bizarrement… du fromage.

— Mais vous êtes réellement douée !

Duarte huma le vin à son tour, plus longuement et d'un

geste nettement plus expert. Il réfléchit un moment, marmonna quelques mots de portugais et prit des notes sur un carnet posé sur la table.

— À présent, goûtez, lui dit-il. Prenez une bonne gorgée et faites-la voyager en bouche. Vous devriez sentir l'alcool au fond de la gorge.

— Et ensuite ?

— Avalez, puis inspirez par la bouche et expirez par le nez. Notez les textures et l'astringence. Puis prenez une autre gorgée. Celle-là, vous pouvez la recracher ou l'avaler, au choix.

Ces derniers mots achevèrent de troubler Orla. Elle n'était plus une ado, pourtant ! Quelque chose ne tournait vraiment pas rond chez elle et, lorsqu'elle testa le vin de la manière indiquée, sifflant le nectar à la deuxième gorgée au lieu de le recracher, elle avait la tête ailleurs, très loin des textures qu'elle était censée détailler.

Elle posa vite son verre en sécurité sur la table, de peur de le lâcher.

— Et vous, qu'en pensez-vous ? demanda-t-elle, luttant pour retrouver le fil de ses idées.

— Il est exceptionnel. Très vif pour son âge. Long en bouche. Impressionnant.

— Est-ce qu'il est fort ?

— Dans la moyenne. Pourquoi ?

— J'ai la tête qui tourne.

— Je doute que ce soit la faute du vin, dit Duarte en la considérant d'un air soucieux. La chaleur, peut-être ?

Il faisait chaud, oui, dans cette pièce baignée par la lumière du couchant, mais ce n'était pas le soleil qui inondait son corps de désir. C'était Duarte.

Elle avait le cœur au galop, la fièvre montait et voilà que ça recommençait, ce curieux mélange de feu et de glace au creux de son ventre, exactement comme la veille lorsqu'il s'était brusquement retourné dans le couloir…

Dans son vertige, elle nota distraitement que Duarte ne

bougeait plus. Ne parlait plus. Une tension nouvelle vibrait autour d'eux, presque palpable.

À mesure que s'égrenaient les secondes, l'air se chargeait d'électricité. Il baissa les yeux un instant sur sa bouche, qu'elle sentit frémir malgré elle. Il était si près. Elle n'aurait qu'à se pencher à peine pour connaître *enfin* le goût de sa peau.

— Orla ? chuchota-t-il.

— Oui ?

— Vous devriez arrêter de me regarder comme ça.

— Comment est-ce que je vous regarde ?

— Comme si vous vouliez que je vous embrasse.

— C'est vrai, lâcha Orla dans un soupir avant d'avoir pu s'en empêcher.

Elle perdait la tête… Bah ! Le sexe lui posait problème, mais un baiser, elle devait pouvoir se débrouiller, pour peu qu'il y mette un peu du sien…

— Ah, marmonna-t-il. Pourquoi ne pas me l'avoir dit plus tôt ?

Là-dessus, il lui saisit la nuque pour l'attirer vers lui et scella sa bouche à la sienne à une vitesse suggérant qu'il allait en effet y mettre tout son cœur.

Orla n'eut ni le temps ni la force de s'en émerveiller. Pas une seconde elle ne songea au caractère inapproprié de leur conduite. La chaleur inondant son corps et le désir pulsant dans ses veines emportaient toutes ses capacités de réflexion. Elle ne pouvait que succomber à ses sensations.

Une plainte sourde lui échappa. Elle enroula les bras autour de son cou. Le baiser gagna en profondeur et en intensité. Sous ses doigts caressants, les muscles des épaules frémirent et ce fut au tour de Duarte de geindre tout bas.

Il lâcha soudain ses cheveux pour l'attraper par la taille et la soulever. Avant d'avoir compris ce qui lui arrivait, Orla se retrouva à califourchon sur ses genoux. Les mains calées sur ses hanches, il l'attira plus près, et son sexe dur vint se frotter contre la zone qui en avait le plus envie. Elle s'arracha à ses lèvres pour gémir tout son soûl. Duarte en profita pour baiser sa gorge, s'attardant sur le pouls qui s'affolait juste là. Le souffle court, elle rejeta la tête en arrière pour mieux s'offrir à ces lèvres divines. Alors, tout en la maintenant fermement en place d'une main, il glissa l'autre sous l'ourlet de la robe, qu'il retroussa d'un geste vif.

D'un instant à l'autre, songea Orla dans une brume fiévreuse, ses vêtements auraient disparu. Puis ceux de Duarte. Alors ils se toucheraient encore, certaines parties de leurs corps s'emboîteraient, et tout n'irait pas de travers pour elle cette fois. Ni déception ni désespoir à l'horizon, ce serait aussi parfait que dans ses rêves, des rêves diablement bons…

Seulement ceci n'était pas un rêve. C'était la réalité qu'elle était en train de vivre. Cette chaleur, ce désir en elle étaient bien réels, ce qui signifiait qu'elle était capable de les ressentir. Elle n'était donc pas frigide ! Elle s'était toujours crue nulle au lit car incapable d'éprouver le genre de plaisir dont tout le monde parlait, mais là ! C'était un feu d'artifice. D'authentiques déflagrations, partout dans son corps. Pour la toute première fois de sa vie…

Et si ce n'était pas sa faute à elle ?

L'idée la traversa soudain tandis que Duarte continuait à allumer des étincelles sur sa peau. Elle n'avait eu qu'un amant, son ex-fiancé, c'était peu comme point de comparaison, mais… Si c'était lui, le responsable du fiasco, après tout ? Ou peut-être était-ce une simple affaire d'incompatibilité entre eux, et la faute de personne.

Elle n'avait pas tenté sa chance ailleurs après la rupture de ses fiançailles car, honnêtement, si l'excellence n'était pas au rendez-vous, pourquoi se donner cette peine… Se pouvait-il qu'elle se soit infligé quatre ans d'isolement morne sans nécessité aucune ? *Pour rien ?*

Les questions ricochaient maintenant dans sa tête, pesantes, bouleversantes, asphyxiantes. Ballottée par un désir ravageur, elle sentit l'émotion enfler, les larmes monter. Or elle n'avait aucune envie de devoir s'expliquer sur ses états d'âme. Aussi se dégagea-t-elle brusquement pour se remettre debout, tant bien que mal.

— Qu'est-ce qui ne va pas ? murmura Duarte d'une voix rauque, le souffle altéré, en la fixant d'un regard brûlant.

Orla ravala le nœud qui lui obstruait la gorge et rajusta sa robe, comme une protection dérisoire contre les découvertes stupéfiantes qui tournaient dans sa tête.

— Je dois y aller.

— Vraiment ? Mais pourquoi ?

Parce que ses bases tremblaient. Parce qu'elle avait besoin de temps et d'espace pour assimiler ces nouveautés. Parce que l'effet incroyable qu'il lui faisait l'effrayait par son intensité et qu'elle perdait pied…

— Ce n'est pas convenable, dit-elle avec désespoir, saisissant la première excuse qui lui venait à l'esprit.

— Cela me semble nous convenir à merveille, au contraire.

— Vous êtes un client.

— Hors sujet, trancha Duarte, les yeux ardents. J'ai envie de vous. Restez.

— Je ne peux pas.

Elle n'arrivait plus à aligner deux pensées cohérentes. Sa tête tournait, elle ne savait plus ce qu'elle faisait. Elle ne maîtrisait plus rien. C'était absolument terrifiant.

— Merci pour le vin, ajouta-t-elle, le cœur battant. Rendez-vous dans trois semaines à la conférence !

Elle prit aussitôt la fuite avant de s'effondrer tout à fait.

Hébété, Duarte resta figé sur place tandis que résonnait le claquement précipité des talons d'Orla sur les dalles de l'*adega*. S'imaginait-elle vraiment le revoir seulement dans trois semaines ?

Un baiser pareil ne pouvait pas s'arrêter là. Ardent, sauvage, et si inattendu… Ils étaient en train de parler du vin, leurs regards s'étaient croisés et le temps s'était subitement arrêté. Le visage d'Orla crispé de désir, ses yeux affamés l'avaient enflammé. Puis elle avait confirmé son souhait à voix haute. Il ne se l'était pas fait dire deux fois. N'écoutant que son instinct, il avait délaissé le vin pour l'embrasser.

À la seconde où leurs bouches s'étaient unies, le désir l'avait submergé, inondant son corps tout entier. Il était encore bien présent, avivé par le souvenir d'Orla dans ses bras, lui rendant son baiser avec une ardeur, une fougue qu'il n'aurait jamais imaginées… Pourquoi s'était-elle rétractée aussi brusquement ? Qu'est-ce qui l'avait effarouchée ?

C'était à n'y rien comprendre.

Et lui, s'était-il échauffé aussi promptement du fait de sa longue période d'abstinence ? Il n'en savait rien non plus. La nature explosive de ce baiser l'avait complètement pris au dépourvu. Orla aussi, peut-être ?

Parmi toutes les questions qui se bousculaient dans sa tête, une plus ancienne était en tout cas résolue. Orla le désirait autant qu'il la désirait.

Et maintenant ?

Il quitta d'un bond le canapé pour arpenter la pièce où les ombres s'allongeaient à mesure que la nuit gagnait. Naguère il aurait savouré cette attraction mutuelle et couru sans hésitation après Orla, mais il n'était plus cet homme-là. Aujourd'hui il était à terre, blessé, méfiant, avec sur les épaules la responsabilité d'une entreprise brassant des milliards d'euros. Une relation n'était pas envisageable. Après son mariage désastreux, dont il n'avait pas fini de se remettre, il n'était pas près de replonger. Jamais ! Aimer, c'était manipuler, et l'engagement était une prison. Il le savait par sa propre expérience, mais le divorce pénible et chaotique de ses parents avait ouvert la voie des années plus tôt.

En revanche, une aventure avec une femme partageant une alchimie aussi prometteuse…

Un plan d'un soir ou deux comme il les aimait avant le mariage…

Cela, oui, c'était gérable. Ce serait même idéal.

Duarte se sentit soudain vivant et gorgé d'énergie comme

jamais depuis des mois. Pas question de laisser tomber ! À lui de préparer le terrain maintenant. Quelques années plus tôt, il séduisait comme il respirait. Retrouver ses marques n'exigerait pas trop d'efforts. Il dissiperait les craintes et les doutes que pouvait nourrir Orla. Il la mettrait dans son lit en deux temps trois mouvements.

Elle lui avait donné rendez-vous dans trois semaines ? Ils se reverraient dès le lendemain.

# 5.

Quelle nuit !

Étouffant un bâillement, Orla se glissa au volant et lança le moteur pour attaquer les sept kilomètres séparant son hôtel du domaine de Duarte.

Deux heures. Elle avait dormi deux petites heures, et cela après une insomnie pleine d'angoisse la nuit précédente… Ses batteries étaient à plat, ce qui augurait mal d'une journée durant laquelle elle aurait besoin de garder l'esprit clair. À peine avait-elle recouvré quelques forces dans un café ce matin – et aussi dans la conviction que tout irait bien.

Il n'y avait aucune raison que cela se passe mal, se répéta-t-elle alors qu'elle quittait l'allée de l'hôtel pour s'engager sur la route. Dans une heure elle rencontrerait l'équipe de nettoyage qu'elle avait embauchée. Le rendez-vous avait été confirmé, elle avait imprimé une copie des instructions envoyées au préalable par courriel, et les autres dispositions prises suivaient leur cours…

Naturellement, il aurait été préférable d'arrêter de ressasser les événements de la veille. Fébrile, tourmentée par le souvenir du baiser échangé avec Duarte, elle s'était même demandé au beau milieu de la nuit si elle n'avait pas attrapé un virus quelconque. Cette bouche brûlante dévorant la sienne avec une adresse diabolique… Les pectoraux d'acier palpitant sous ses mains… Le regard voilé de Duarte, ses joues légèrement empourprées, et la satisfaction grisante de savoir qu'elle en était la cause…

Et puis, cette conclusion abrupte, mortifiante.

Hantée par ces images, elle n'avait pas pris le temps de creuser l'idée selon laquelle la médiocrité de son expérience sexuelle n'était peut-être pas sa faute tout compte fait, ni de regretter le temps perdu. Son travail aujourd'hui à la Quinta ne lui en laisserait pas davantage le loisir, ce qui n'était pas plus mal.

Une chose était sûre, leurs chemins ne se croiseraient pas. Elle avait été très claire, ils ne se reverraient que le jour de l'ouverture de la conférence. Il n'y avait aucune raison que le grand patron d'une entreprise viticole présente sur le marché mondial s'inflige la corvée de l'intendance. Finis donc les moments gênants, les bafouillements, les joues rouges et les regards aimantés par la bouche de Duarte qui déclenchaient des souvenirs intempestifs. Elle n'avait aucun souci à se faire.

Au moment de s'engager dans la large allée de sable menant à la Quinta, Orla resta une nouvelle fois éblouie par la magnificence du décor. Les lieux de conférence étaient toujours triés sur le volet. Celui-ci était spectaculaire. La maison avait été construite sur la rive nord du Douro au début du XVIIIe siècle, l'année de l'acquisition du domaine par un ancêtre de Duarte venu d'Angleterre tenter sa chance dans la production de porto. Sur fond de ciel azur sans un nuage, les murs blancs de la bâtisse à deux étages étincelaient dans le soleil matinal sous le toit de tuiles de terre cuite. Les volets verts étaient ouverts sur les fenêtres des deux étages ainsi que sur celles du rez-de-chaussée de part et d'autre de l'énorme porte d'entrée en chêne.

Le bâtiment originel avait triplé de taille au fil des ans, tout en étant régulièrement remis au goût du jour. Il offrait aujourd'hui dix chambres avec salle de bains privative, d'innombrables salles de réception, une salle à manger pouvant accueillir une cinquantaine de personnes et même une salle de bal, dans laquelle se tiendraient les réunions. À l'arrière, le jardin décoré de mosaïques aux couleurs chatoyantes s'ornait en son centre d'une fontaine en forme de chérubin tenant des grappes de raisin. Plus loin, sur une large avancée en pierre qui courait sur toute la longueur de la maison, se dressait une pergola recouverte de vigne donnant sur le vignoble en terrasses. Un panorama époustouflant.

Au fil des ans, le succès de l'intrépide viticulteur du XVIIIe siècle lui avait permis de développer ses activités et d'acquérir d'autres domaines. Presque toute la production de vin avait été déplacée à Porto depuis, mais du fait de ses dimensions impressionnantes et de son cadre idyllique, la Quinta avait été utilisée pendant trois siècles comme lieu de villégiature, et l'était encore.

Comment avait-elle pu se tromper d'endroit, bon sang ? La Casa était charmante, à présent qu'elle était nettoyée de fond en comble, mais comparée à la Quinta… Elle aurait dû tiquer sur les clés qui n'étaient pas les bonnes, prêter davantage d'attention aussi aux regards intrigués croisés ces dix derniers jours, qu'elle avait attribués un peu vite à son portugais déficient, vérifier plusieurs fois les instructions reçues. Elle avait péché par excès de confiance…

Qu'à cela ne tienne, il fallait maintenant se concentrer sur la journée de travail à venir, qui serait heureusement préservée des distractions et autres maladresses coupables. Tout irait bien. Après s'être garée derrière le bâtiment principal, près de l'entrée de service, elle sortit de la voiture et se pencha pour attraper sa sacoche sur le siège arrière. Elle avait ses listes, son ordre du jour. Elle savait ce qu'elle avait à faire. Tout était sous contrôle.

— *Bom dia.*

Au son de cette voix profonde derrière elle, Orla tressaillit, évitant de justesse de se cogner contre le toit de la voiture, et se retourna vivement.

Son cœur fit une embardée. Duarte approchait, le regard rivé sur elle, un léger sourire au coin des lèvres.

Instantanément le souvenir du baiser de la veille et de la passion qu'il avait déchaînée en elle s'imposa à son esprit. Ses joues s'enflammèrent.

Pas bon, ça.

Pas bon du tout.

Qu'est-ce qu'il fichait ici ? Pourquoi n'était-il pas occupé à exhiber quelque part ses talents d'œnologue ? Leurs routes n'étaient pas censées se croiser. Au temps pour la journée sans distractions ! Déjà la panique pointait. Orla sentit monter une tension qui n'avait rien à voir avec la dose copieuse de caféine engloutie ce matin. Mais que faire ? Elle pouvait difficilement ordonner à Duarte de partir. Il était ici chez lui.

— Bonjour, dit-elle, enfilant sur l'épaule la bandoulière de sa sacoche avant de verrouiller les portières.

— Bien dormi ?

— Très bien, merci, répondit-elle d'un ton ferme tout en se dirigeant vers la porte de service. Et vous ?

— À peine, dit-il en lui emboîtant le pas. Vous m'avez tenu éveillé des heures.

Il ouvrit la porte et s'écarta pour la laisser passer.

La bouche d'Orla s'assécha, elle faillit trébucher. Pourquoi ces mots ambigus ? Comment était-elle censée réagir ? Devait-elle… s'excuser ?

Jamais elle n'avait travaillé dans une proximité physique aussi étroite avec un client. Elle ignorait la conduite à tenir, mais si Duarte avait décidé de se mettre à flirter, ce serait compliqué. Déjà, il dégageait un charme parfaitement injuste en dépit de sa prétendue insomnie, sans cernes ni traits tirés. Il n'avait pas été obligé, lui, de se jeter sur les patchs et la crème masquante…

— Avez-vous terminé le vin ? demanda-t-elle d'un ton détaché en pénétrant dans la fraîcheur bienvenue de la maison.

— L'envie m'est passée.

Se retenant de justesse de lever les yeux au ciel, Orla s'engagea dans le long couloir aux dalles de pierre qui conduisait à la cuisine, aussi large que le Douro. Quel besoin avait le bras de Duarte d'effleurer sans arrêt le sien ? Des petits frissons lui parcouraient le corps chaque fois, bon sang !

— Eh bien, que faites-vous ici ? demanda-t-elle sèchement.

— Je me disais que je pourrais donner un coup de main.

Allons donc ! Que croyait-il pouvoir faire ? Les lits ? Savait-il seulement comment s'y prendre ? À en juger par l'état dans lequel elle avait trouvé sa maison, cela semblait improbable.

— Tout est sous contrôle, répliqua-t-elle. L'équipe de nettoyage arrive dans une demi-heure.

— Une équipe locale ? Je ferai l'interprète.

— La responsable parle un anglais parfait. Vous déboursez une jolie somme précisément pour vous épargner ce genre de chose, Duarte. Votre présence n'est pas requise.

— J'en ai envie.

Orla plissa les yeux.

— Craindriez-vous que je ne commette une nouvelle bourde ?

— Pas du tout. Mais j'ai une question, une seule, à vous poser, dit-il, traversant la grande cuisine pour aller se caler face à elle, adossé à un plan de travail.

Orla s'approcha de l'immense table trônant au centre de la pièce, qui affichait, gravés dans le bois, trois siècles de préparation de repas, et s'assit.

— Que voulez-vous savoir ?

— Vous-même, pourquoi êtes-vous venue sur place superviser en personne les opérations ?

Ah ! Enfin une question à laquelle elle pouvait répondre.

— L'équipe prévue au départ m'a laissée tomber à la dernière minute, dit Orla en posant sa besace sur la table pour ouvrir le rabat. Ce sont les meilleurs, je fais toujours appel à eux, sur tous les continents. Un sale virus les a décimés. Cela n'était encore jamais arrivé. Après deux jours à chercher en vain une solution de remplacement satisfaisante, j'ai jugé plus simple et plus rapide de m'en occuper moi-même.

Orla frémit intérieurement au souvenir de ces jours d'angoisse. De la folie furieuse… Cela expliquait sans doute sa distraction, à la lecture du courriel de Duarte contenant ses instructions.

— Et vous ? reprit-elle. Vous n'étiez censé arriver que dans trois semaines.

— J'avais des affaires à traiter aux États-Unis. Elles ont été bouclées plus vite que prévu.

*Une chance, en un sens,* songea Orla à contrecœur.

Si son erreur n'avait pas été relevée avant l'ouverture de la conférence… Le temps aurait manqué pour se rattraper. Son client aurait été plus furieux encore, à juste titre.

— Si je comprends bien, ajouta Duarte avec une nonchalance qui ne la trompa pas une seconde, ni vous ni moi n'étions censés être ici… Le destin ! C'est fou, non ?

— Je ne crois pas au destin.

Duarte esquissa un bref sourire étincelant.

— Bien sûr, vous êtes trop pragmatique pour cela. Mais, hormis quelques erreurs, vous êtes aussi très consciencieuse.

— *Une* erreur. Qui est en cours de correction. C'est mon travail.

— Que vous adorez…

— En effet, convint Orla tout en retirant du sac son ordinateur et son porte-bloc. Qui ne l'aimerait pas ? Il offre des expériences inoubliables, hors du commun, des événements VIP et toutes sortes d'extravagances dans l'univers du luxe…

Il supposait aussi une organisation sans faille, un art consommé de la négociation, un esprit vif. Chaque journée exigeait d'elle davantage que la veille, et elle était une des meilleures dans son domaine. En principe.

— J'ai récemment organisé une demande en mariage sur un iceberg, expliqua-t-elle. Un autre client a souhaité un dîner privé devant *La Joconde*.

— Je devrais revoir mes exigences à la hausse.

Vraiment ? Réservation de jets privés, de tables dans des restaurants où la réservation était impossible… L'année précédente, il lui avait demandé de recréer pour l'anniversaire de sa mère un parfum depuis longtemps disparu. Un sacré défi.

— Vous m'occupez déjà pas mal, répliqua-t-elle.

— Je pourrais vous occuper davantage.

Orla, qui était en train d'attacher ses listes au porte-bloc, suspendit son geste et lui jeta un regard surpris.

Les mots étaient assez innocents, mais la façon dont il fixait sa bouche l'était nettement moins. Elle se surprit à chercher son souffle. Pensait-il à la nuit précédente ? Ou pire… Projetait-il de recommencer ?

Son cœur se mit à battre à coups redoublés. Elle était si peu douée dans ces choses-là. Tout cela n'aurait jamais dû se produire. Cette fièvre qui revenait au galop, cette brusque envie de courir se jeter dans ses bras pour reprendre là où ils s'étaient arrêtés… Pour qu'il la renverse sur la table et festoie sur son corps…

La vitesse à laquelle cet homme était capable de lui faire perdre pied était aussi troublante qu'effarante. C'était comme si des forces perverses s'amusaient à l'aspirer vers l'inconnu, sur lequel elle avait zéro contrôle. Ce qu'elle détestait plus que tout.

À cet instant précis, un bruit, dehors.

Une vague de soulagement submergea Orla.

— Une camionnette vient d'arriver, je crois, dit-elle.

À la fin de la journée, Orla n'en pouvait plus. Ses nerfs étaient à vif et son ventre, complètement noué.

Comme elle l'avait espéré, côté travail tout se passait à merveille. L'équipe d'entretien qu'elle avait engagée était à pied d'œuvre dans la Casa et se révélait aussi compétente qu'on le lui avait assuré. Le nettoyage des chambres était bien avancé ; le linge, repassé. Tout ce qui pouvait être poli étincelait, les aspirateurs avaient bourdonné toute la journée aux quatre coins du bâtiment. Son erreur serait bientôt oubliée. Ce front, tout au moins, lui donnait entière satisfaction.

D'un autre côté, comme elle l'avait craint, Duarte restait une menace constante. Alors qu'elle donnait ses instructions en soulignant les priorités, il avait enfilé sans rien dire une ceinture porte-outils et, par la suite, partout où elle posait les yeux, hop ! Il surgissait avec un marteau, un tournevis ou une clé à mollette pour réparer une fuite. À un moment, alors qu'elle ne l'avait pas vu depuis plus d'une heure et se prenait à l'espérer disparu pour de bon, il était réapparu avec de quoi déjeuner. Pour tout le monde.

Les talents de cet homme semblaient sans limites. Elle en devenait folle. La ceinture à outils sur un short vert olive de style militaire et un polo blanc ajusté valorisant à la fois sa musculature et ses origines méditerranéennes lui allait si bien, qu'elle avait le plus grand mal à en détacher les yeux. Les sourires dont il usait et abusait la faisaient chavirer. À cette heure elle avait déjà renversé un vase, égaré un moment trois de ses précieuses listes et gaspillé quinze bonnes minutes à le regarder à travers la baie vitrée repêcher méthodiquement les feuilles mortes dans la piscine après avoir décliné l'aide des jardiniers responsables de l'entretien des espaces extérieurs.

Elle n'aimait guère ces moments d'égarement, la concentration qui s'envolait, sa détermination qui faiblissait. Si cela continuait, une sortie de route plus sérieuse la guettait.

*Hors de question*, songea-t-elle, morose, en regardant, de la porte de service, le convoi de camionnettes emporter la trentaine d'employés pour la nuit. Elle visait l'excellence ici et cela exigeait une vigilance absolue. Or elle avait l'impression d'avancer sur un fil. À la moindre secousse un peu forte, ce serait la chute, le plongeon dans l'insécurité.

Assez ! Qu'importe que Duarte soit un client à soigner en toutes circonstances. Qu'importe que cette maison soit la sienne ! Elle ne pouvait pas continuer ainsi. Elle devait aller le trouver et mettre le holà, coûte que coûte.

Duarte dégrafa sa ceinture à outils et la laissa tomber sur une chaise longue au bord de la piscine. Il vida ses poches, clés, portefeuille, téléphone, puis retira son polo avant de plonger dans l'eau fraîche avec ravissement. Quelques brasses énergiques suffirent à apaiser la tension dans ses muscles en même temps que la fièvre qui lui collait au corps.

Contre toute attente, la journée avait été fort agréable et surtout révélatrice. Il avait reconnu depuis un moment en Orla une professionnelle hors pair, en dépit de ses premières impressions. Pourquoi, sinon, serait-elle codirigeante de son entreprise ? Et comment aurait-elle mis la main sur ce vin impossible ? Mais qui aurait imaginé que ces compétences seraient aussi… aphrodisiaques…

Ses instructions étaient très claires, elle déployait une agilité mentale incroyable et elle avait l'art de résoudre un problème en un rien de temps. Une mécanique parfaite, efficace et bien huilée. Orla exigeait la perfection et se donnait les moyens de l'obtenir. Plus il la voyait à l'œuvre, plus le désir qui crépitait en lui se faisait insistant.

Ce désir semblait avoir déserté Orla, toutefois. Elle s'était appliquée à l'éviter toute la journée. S'il entrait dans une pièce, elle se hâtait d'en sortir. Il lui avait apporté un déjeuner digne de ce nom – les barres de céréales qu'elle grignotait n'auraient jamais pu lui suffire pour tenir jusqu'au soir avec une activité aussi intense – et n'avait récolté qu'une moue réprobatrice pour tout remerciement. En cas de fuite impossible, elle adoptait une posture professionnelle glaciale, comme si elle n'avait pas littéralement fondu dans ses bras en l'embrassant la veille au soir.

Duarte exécuta un demi-tour sous l'eau et attaqua une longueur en apnée. Une telle attitude n'augurait rien de bon pour le projet qu'il nourrissait de l'attirer dans son lit, pour autant il n'avait aucune intention de s'avouer battu. Elle n'était pas la seule à se donner des objectifs et à savoir s'y tenir. Orla finirait par succomber, tôt ou tard. Comme ses précédentes conquêtes. Pourquoi en irait-il autrement cette fois-ci ?

En émergeant pour reprendre son souffle, il l'aperçut qui traversait la pelouse d'un bon pas dans sa direction. Il nagea vers le bord, le cœur martelant ses côtes après l'effort, ou plus probablement à cause d'elle. Il posa les bras sur la margelle carrelée au moment précis où elle s'arrêtait devant lui.

— Duarte, dit-elle du ton sec auquel il avait fini par s'habituer au fil de la journée et qui, paradoxalement, avivait le feu dans ses veines.

— Orla, ronronna-t-il, laissant ses yeux voyager sur les chevilles fines, les jambes fuselées, le short et le T-shirt étroits qui lui donnait envie de glisser les doigts au-dessous et de modeler ses formes.

— Il faut qu'on parle.

Ah, mince. Voilà qui semblait sérieux.

Parler ? Ce n'était pas son truc. Surtout pour aborder des questions douloureuses… Peu après la mort de son fils puis de Calysta, sa mère avait timidement suggéré une thérapie, mais il avait aussitôt écarté cette idée, harcelé par un chagrin inimaginable et des remords qui l'écorchaient vif. Sagement, sa mère n'avait pas insisté. Tout cela était arrivé par sa faute, il le savait. Il ne méritait pas d'en sortir par le haut. Juste de brûler en enfer.

— À quel sujet ? s'enquit-il d'une voix traînante.

— Vous. Plus précisément, cette… situation, répondit Orla avec un geste vague de la main.

Intéressant… À quelle situation précise faisait-elle allusion ?

Rassuré de constater que l'idée d'une discussion ait douché son désir alors que son short lui collait à la peau, Duarte se hissa hors de l'eau et alla récupérer son polo sur la chaise longue pour se frotter les cheveux et la poitrine avec. Puis il s'éloigna vers la longue table prévue pour douze, étala le polo sur le dossier d'une chaise et se laissa choir sur une autre.

— Je suis tout à vous, dit-il en s'étirant pour laisser son corps absorber les derniers rayons du soleil.

Pas de réaction.

Duarte tourna les yeux vers Orla. L'air sidéré, les joues en feu, elle chancelait un peu. La pensée le traversa qu'elle allait s'évanouir. Rien d'étonnant à cela, après une journée aussi exténuante.

— Pardon ? murmura-t-elle.

— Vous vouliez qu'on parle. De moi et d'une situation…

Elle battit des cils.

— Oui. En effet.

— Je vous écoute.

Orla s'éclaircit la voix et ramena derrière l'oreille une mèche dorée échappée de sa queue-de-cheval.

— Je… Je voulais juste vous remercier de votre aide aujourd'hui. Elle a été… bienvenue.

— De rien, dit Duarte, intrigué.

— Toutefois, reprit-elle, votre présence demain n'est pas nécessaire.

— Tout le plaisir sera pour moi.

— Vraiment, je ne voudrais pas vous déranger…

— Vous ne me dérangerez pas.

— Je suis sûre que d'autres engagements plus intéressants vous appellent.

— Pas du tout.

Ses yeux magnifiques laissèrent paraître une pointe d'agacement.

— Peu importe, dit-elle. Vous ne pouvez pas rester ici.

— Pourquoi ?

— Vous perturbez mon organisation, je perds le fil et…

— Votre organisation me paraît parfaite, répliqua Duarte, détaillant ostensiblement son corps du regard.

— Vous faites exprès de ne pas comprendre !

— Alors, éclairez-moi.

Orla poussa un soupir exaspéré.

— Je ne peux pas me concentrer lorsque vous êtes là. Vous êtes une source de distraction. Je dois pouvoir mobiliser toutes mes compétences pour ce travail et vous m'en empêchez !

Ainsi donc, il l'affectait bel et bien ! Cet aveu l'électrisa. Elle était très douée pour masquer ses émotions, voilà tout. C'était étonnamment satisfaisant à entendre.

— Je vous gêne, si je comprends bien.

Elle acquiesça, les dents serrées.

— Cela ne vous empêche pas d'exceller, fit-il remarquer.

— C'est vrai. J'ai travaillé dur pour en arriver là, mais cela ne durera pas si je continue à lâcher ce que je tiens dans les mains et à égarer mes listes. À cause de vous j'ai la tête à l'envers. Toute la journée, j'ai redouté un désastre parce que je n'arrivais pas à me concentrer. Or je ne peux pas me le permettre.

— Vous surestimez mes pouvoirs, Orla.

— C'est difficile à concevoir, je sais…

— Expliquez-moi.

— J'ai besoin de garder le contrôle, déclara-t-elle d'un ton morose en enfonçant les mains dans les poches arrière de son short, ce qui produisit un effet intéressant sur sa poitrine. Tout doit être parfait, tout le temps. Je ne tolère pas l'à-peu-près. C'est dans ma nature.

— Vous êtes une guerrière. Je comprends cela. Je suis de la même trempe.

Orla secoua la tête.

— Cela va au-delà. Un vrai guerrier sait négocier les obstacles sur son chemin. Je suis bien placée pour le savoir, mon frère et ma sœur en sont des exemples types. Rien ne les perturbe, en cas de pépin ils se relèvent et retiennent la leçon. Moi, je ne vois que le but, que je dois atteindre à tout prix. Peu importe la manière, j'aspire au résultat, rien d'autre. L'échec me déstabilise complètement. Il m'entraîne par le fond dans un océan de doutes et de désespérance. Donc, je ne peux pas échouer.

Voilà donc pourquoi elle s'était mise en quatre pour le garder comme client. Comme il l'avait pressenti, hélas, cela n'avait rien à voir avec sa personne.

— C'est beaucoup de pression, lâcha-t-il.

— Plus que vous ne l'imaginez. Tout va bien tant que je garde le cap. Sinon, l'enfer me guette. Or c'est ce qui est en train de se produire ici.

— Je vous fais paniquer ?

— Oui.

— Parce que je vous distrais.

Elle leva les yeux au ciel.

— Vous voulez quoi, une médaille ?

Pas du tout. C'était elle qu'il voulait. Cette déesse aux cheveux d'or et aux yeux étincelants sous le soleil. Une déesse frustrée, énervée, soit, mais sublime tout de même et infiniment désirable.

— Je veux vous entendre reconnaître que vous me désirez autant que je vous désire, dit-il posément. Et que vous ne cessez de penser à notre baiser d'hier.

— Très bien ! s'écria Orla, visiblement à bout de nerfs. Vous me plaisez, et ce baiser m'obsède en effet. Je n'ai pas fermé l'œil cette nuit et j'y ai pensé toute la journée. Il me rend folle. *Vous* me rendez folle !

— Dans ce cas, j'ai la solution parfaite.

Orla fronça les sourcils.

— Vraiment ? Et quelle est-elle ?

— Couchez avec moi.

# 6.

Éblouie par le spectacle de ce buste ferme et hâlé luisant dans la lumière du soir, Orla crut d'abord avoir mal compris.

Lorsque Duarte était sorti de l'eau tout à l'heure, elle avait frôlé la combustion spontanée. Elle n'avait rien pu faire d'autre que le fixer et s'extasier en silence. Et là, quelques secondes plus tôt, lorsqu'il avait baissé lentement les yeux vers ses jambes, elle était si tétanisée qu'elle en avait oublié de respirer… et plus encore de protester contre une telle audace.

Sa cervelle souffrait encore de cette privation d'oxygène, à coup sûr. Jamais elle n'avait eu l'intention de reconnaître à quel point Duarte l'affectait ! « Coûte que coûte », cela n'incluait pas d'exposer ses faiblesses à un homme qui exerçait déjà un pouvoir trop grand sur elle. Ni de confesser une facette de son caractère qui était un défaut, selon un thérapeute consulté une fois, une seule, après le fiasco de ses fiançailles, alors qu'elle touchait le fond.

Espérait-elle vraiment que Duarte compatirait à son sort et battrait en retraite ? Elle avait obtenu l'inverse ! La conversation avait pris un tour inattendu et il était trop tard pour revenir en arrière.

Avait-elle bien entendu ? Ou bien il plaisantait. Il n'en avait pas l'air, pourtant. Son visage était grave, et sa voix avait baissé d'une octave, exactement comme la veille lorsqu'il lui avait demandé de rester.

— Vous êtes fou, bredouilla-t-elle.

— Pas du tout. De votre propre aveu, le désir que je vous

inspire perturbe votre concentration. Que je m'en aille ou non, ce désir ne disparaîtra pas. Il est trop puissant… Il va durer. S'aggraver. S'intensifier jusqu'à devenir hors de contrôle et *là*, vous serez vraiment distraite et vous commettrez des erreurs.

— Vous parlez d'expérience ?

Duarte haussa les épaules.

— Pour recouvrer tous vos moyens, vous devez vous libérer de l'émotion, reprit-il sans répondre à la question. Une fois démystifiée, elle perdra son pouvoir. Nous avons envie l'un de l'autre. Vous me rendez fou moi aussi. Passons donc à l'action, au lieu de subir.

Sérieusement ?

Il semblait très sûr de lui. Pour Orla cela n'avait aucun sens. Céder au désir pour l'éradiquer ? Le sujet lui était peu familier sans doute, mais… S'il s'amplifiait, au contraire ? Si l'expérience se révélait si agréable que la fièvre ne la quittait plus ?

— Et si cela ne marche pas ? demanda-t-elle dans un murmure.

— Croyez-en mon expérience, une fois suffit, en général.

Pour lui peut-être, mais pour les femmes qui partageaient sa couche ? Pour elle ?

— Je ne suis vraiment pas certaine que ce soit une bonne idée.

— Un moment de sexe renversant est toujours une bonne idée.

Mmm… En théorie, peut-être. Mais le résultat n'était pas garanti. Coucher avec Duarte lui semblait périlleux. Elle risquait fort de n'être pas à la hauteur, et l'idée de se ridiculiser ne lui souriait pas du tout.

À en croire la presse people, Duarte avait collectionné les maîtresses avant son mariage. Des femmes sublimes, expérimentées. Si elle se révélait nulle au lit… Si son inaptitude à jouir n'était pas le fait de son ex ou une simple incompatibilité entre eux, si cela venait d'elle…

Pour peu que les étincelles entre eux s'épuisent, que le charme se dissipe sous la pression de la performance, l'humiliation serait insupportable. Elle ne pourrait plus jamais travailler avec lui. Ni même le regarder en face.

D'un autre côté, sa petite voix intérieure insistait pour envisager le contraire. Et si elle réfléchissait trop ? Au risque de manquer non seulement une chance de transformer ce fiasco passé en succès, mais aussi un moment d'intimité inoubliable ?

Ne se devait-elle pas d'essayer de rectifier la situation qui la tracassait depuis des années ? Elle approchait de la trentaine, combien de temps encore allait-elle repousser ce moment ? Duarte avait peut-être raison de penser qu'une fois suffirait à se faire passer l'envie. Il en savait plus qu'elle en la matière. Elle avait tenté une tactique d'évitement, en pure perte. Loin des yeux, loin du cœur ? À d'autres ! Elle n'avait pas fermé l'œil la nuit d'avant.

Le temps était venu de découvrir de quoi elle était capable. À cette pensée, son cœur se mit à battre plus fort. Une occasion en or se présentait, unique, peut-être, dans une vie. L'émotion intense qu'elle éprouvait en présence de Duarte laissait présager le meilleur…

Au fond, il lui tardait de savoir si la réalité serait à la hauteur de ses rêves. Et que pouvait-il arriver, au pire ? Qu'elle ne ressente rien et en soit réduite à simuler ? Ce ne serait pas un problème. Elle excellait en la matière. Son ex n'avait pas soupçonné un instant que ses gémissements étaient calculés et stratégiques. S'il fallait en arriver là, Duarte n'y verrait que du feu, lui aussi.

— « Renversant », c'est une hypothèse audacieuse, dit-elle, la bouche sèche comme le désert.

— C'est une garantie, rectifia posément Duarte.

Il paraissait si sûr de lui. Oserait-elle franchir le pas ? Oserait-elle saisir cette chance d'enterrer un mauvais souvenir et de vivre une expérience *renversante* avec l'homme le plus séduisant de la planète, un homme qui contre toute attente semblait la désirer autant qu'elle le désirait ? En outre, sur le plan professionnel il n'y aurait pas de conflit d'intérêts à proprement parler.

— D'accord, dit Orla.

Pour un type aussi grand, Duarte réagit à une vitesse surprenante. Le temps d'un battement de paupières, il s'était levé et rapproché d'elle avec une intention très claire. Glissant la main autour de sa taille, il l'attira contre lui.

— Ici ? bafouilla Orla. Maintenant ?

— Cela vous pose problème ?

Des pensées jaillirent en désordre dans sa tête. Des pensées absurdes. Quand avait-elle vérifié pour la dernière fois son épilation du maillot ? Quels sous-vêtements portait-elle ? Était-ce important ? Le remarquerait-il seulement ?

Le regard brûlant vrillé sur elle permettait d'en douter. Dix bouchons de champagne sautant derrière lui ne l'auraient pas distrait de son but. Quant à son propre corps, tout allait bien, elle veillait à garder la forme et la peau douce. Mieux valait battre le fer pendant qu'il était chaud, avant de changer d'avis. Elle baissa les yeux vers ses lèvres, et une vague de désir indicible la submergea.

— Non, aucun, répondit-elle à voix basse, plaquant les mains sur son torse nu.

Il l'embrassa. Sans retenue. Le cœur d'Orla partit au galop, son corps tout entier s'embrasa. Ses doigts dérivèrent sur la peau toute chaude vers les épaules musclées, les mèches épaisses et douces, si douces qu'ils se refermèrent autour pour ne plus les lâcher. Duarte la plaqua contre lui. Le contact du sexe dur sur son ventre lui arracha une exclamation étouffée.

Il en profita pour lui retirer son T-shirt. Ah, oui, la mémoire lui revint – elle avait opté pour des sous-vêtements confortables, du pur coton, pour travailler dans la chaleur. Duarte parut s'en soucier comme d'une guigne. L'essentiel était ailleurs, visiblement. Un brusque demi-tour dans ses bras, et elle se retrouva allongée sur un double bain de soleil, libre de le dévorer des yeux tandis qu'il attrapait son portefeuille pour en tirer sans doute de quoi se protéger.

Dieu ! Quelle splendeur…

À quoi pouvait s'attendre un ex-play-boy international beau comme un dieu ? Un moment de sexe renversant exigerait à coup sûr une contribution tout aussi incroyable de sa part à elle, mais laquelle ? Comment diable récolter un 20/20 à l'examen sans même avoir révisé ?

Elle fermerait les yeux et se fierait à son instinct. Pas le choix. Il fallait cesser de réfléchir et n'écouter que ses sensations. Elle apprenait vite, ce ne serait pas un problème, se dit-elle fermement alors que Duarte la rejoignait sur le matelas. Il l'embrassa encore tandis qu'elle gémissait, les yeux clos, une main calée sur sa nuque. Celle de Duarte glissa vers son sein. Elle se cambra, prête à accueillir les frissons qui l'avaient secouée la veille…

Rien.

Pourquoi ? se demanda rageusement Orla. Comme il frottait son téton avec le pouce, elle soupira pour exprimer ce qu'il interpréterait comme un plaisir extatique, avec un peu de chance. Que faisait-elle de travers ? La fièvre, l'envie terrible qui la consumaient tout à l'heure se dissipaient à vue d'œil, en dépit de ses efforts pour les recontacter. *Non !* Ce n'était pas prévu, ça… Elle n'était pas censée sentir la panique monter à l'idée de tout gâcher. Elle aurait dû s'appliquer, faire tout bien comme il fallait…

Dans un sursaut de désespoir, elle se trémoussa sous les caresses de Duarte, jouant la passion dans l'espoir qu'elle se ravive dans ses veines, mais rien à faire. Elle avait la sensation d'être détachée de son corps et d'observer la situation de très loin. Il lui vint une envie de hurler. C'était tellement frustrant !

Se faire passer l'envie… Dans ses rêves ! Où était-elle passée, justement, l'envie ? À trop réfléchir, voilà qu'elle avait cassé l'ambiance. Pour elle, du moins. Elle n'avait pas besoin de gâcher sa joie à lui… Et qui sait, le désir qu'elle lui inspirait serait peut-être assez puissant pour les emporter tous les deux ?

Haletante, priant tous les saints de lui rendre la fièvre qui l'avait tourmentée pendant des jours et brillait aujourd'hui par son absence, elle glissa une main le long du dos de Duarte jusqu'à son short et suivit la ceinture pour en dégrafer le bouton. Le sexe à l'envergure impressionnante palpitait sous ses doigts lorsqu'il referma la main sur la sienne pour stopper son geste.

— Qu'est-ce que vous faites ? demanda-t-elle d'une voix enrouée, levant vers lui un sourire qui se voulait engageant. Pourquoi s'arrêter en si bon chemin ?

— Vous n'y êtes pas, dit-il, le front barré d'un pli soucieux. Je me trompe ?

*Quoi ?*

Bon sang ! Son ex avait cru à ses gémissements, pourquoi pas Duarte ? Pourquoi avait-il fallu qu'il s'aperçoive qu'elle luttait pour se concentrer ? Il ne l'aidait pas, là, en brisant son élan. Il le faisait exprès, ou quoi ?

— Continuons, murmura-t-elle en essayant de repousser sa main. Tout ira bien.

Il la fixa comme s'il n'en croyait pas ses oreilles.

— *Tout ira bien ?*

— Je voulais dire, ce sera incroyable, j'en suis sûre, dit-elle, battant des cils et jouant des hanches. Un feu d'artifice, l'extase, enfin… Tout ça, quoi.

— C'est loin d'être l'extase, répliqua Duarte d'un air sombre.

Il se dégagea pour aller s'asseoir au bord du matelas.

Sa chaleur lui manqua aussitôt. Elle se reprocha sa maladresse. Décidément, elle était un cas désespéré.

— Je suis désolée, dit-elle, mortifiée.

Duarte se tourna vers elle, raide comme la justice.

— Inutile de s'excuser lorsqu'on change d'avis.

— Je n'ai pas changé d'avis ! Ce n'est pas ça du tout…

— Alors qu'est-ce que c'est ?

— Je me suis mise à penser excellence, attentes… et je me suis laissé distraire.

Il haussa les sourcils.

— Distraire ?

— Oui… Vous avez une longue expérience. Moi, j'ai couché avec un seul homme, et cela n'a pas été une franche réussite. Je ne connais pas les astuces…

Duarte lui tendit son T-shirt, qu'elle enfila avec reconnaissance. Elle avait un peu froid maintenant. Ses fiascos au lit n'étaient ni la faute de son ex ni une question d'incompatibilité. C'était elle, la responsable. Quelque chose clochait chez elle.

— Que faites-vous demain ? demanda Duarte.

Orla déglutit. Voilà. Il n'était plus intéressé. Retour aux affaires.

— La même chose qu'aujourd'hui, je pense.

— Prenez votre journée.

— Quoi ? C'est impossible !

— Tout le monde ici sait ce qu'il a à faire, n'est-ce pas ?

— Euh, oui…

— Et vous avez un téléphone, en cas d'urgence.

— Oui, mais…

— Alors vous pouvez vous accorder un jour de congé.

— Pour quoi faire ?

— Pour approfondir vos recherches en matière d'excellence et d'attentes, répondit-il en la fixant droit dans les yeux. Et aussi d'astuces.

Oh.

*Oh.*

Peut-être était-il encore intéressé, tout compte fait. Le cœur d'Orla repartit à fond de train.

Mais à quoi bon poursuivre cette histoire ? Ce serait encore un désastre, et sa tolérance à l'humiliation avait des limites.

— Ce n'est pas la peine, répliqua-t-elle, la gorge serrée.

— Au contraire. Vous n'êtes pas la seule à viser des objectifs, Orla. La médiocrité ne me plaît pas plus qu'à vous, surtout dans le domaine du sexe. Prenez cette journée !

Aux yeux d'Orla ce jour de congé était une erreur. Duarte le savait car depuis qu'il était passé la chercher à son hôtel, une demi-heure plus tôt, elle le lui avait déjà fait remarquer plusieurs fois. Elle avait évoqué l'éthique professionnelle, marmonné quelque chose à propos d'un souci avec le linge de table et s'était demandé à haute et intelligible voix où elle avait la tête.

Pour lui, à l'inverse, c'était tout sauf une erreur. Jamais il n'avait tenu dans ses bras une femme se bornant à suivre machinalement le mouvement. Et cela ne lui plaisait pas du tout. De deux choses l'une, ou bien il était plus rouillé qu'il ne l'avait cru, ou bien Orla exigeait une approche différente. Quoi qu'il en soit, il tenait à comprendre précisément ce qui l'avait distraite. Son désir pour elle était si violent que, s'il n'agissait pas, il risquait de ne pas s'en remettre. Son orgueil de mâle blessé réclamait satisfaction et cela faisait plus de trois longues années qu'il n'avait pas fait l'amour.

Si le problème venait du fait qu'elle réfléchissait trop, alors il devait entrer dans sa tête et apaiser les choses là. Il pressentait chez elle comme un petit volcan bien vivant sous la surface qui avait besoin d'entrer en éruption. Il avait aussi le curieux sentiment que sa première expérience, « pas une franche réussite », comptait pour beaucoup dans l'affaire. Cela aussi méritait une enquête approfondie.

— Où m'emmenez-vous ? demanda Orla.

— À la rivière.

— Pourquoi ?

— Tant que vous êtes là, il vous faut découvrir d'autres merveilles locales que la Quinta. Les paysages sont magnifiques, hors des sentiers battus. La nature dans toute son excellence. À ce propos… D'où vous vient ce besoin d'excellence ?

— Vous ne perdez pas de temps, dites-moi.

Duarte coula un regard vers sa passagère qui le fixait d'un air soupçonneux.

— Je ne vois pas l'intérêt d'en perdre. Mon ego gravement blessé réclame des réponses.

— Je suis une cause perdue.

— Comment le savez-vous ? Nous avons à peine commencé !

— Par expérience. En outre vous étiez là hier soir, il me semble ?

— Et comment, dit Duarte, se remémorant non sans émoi la douceur d'Orla entre ses bras, sa saveur, son odeur divine. Mais vous, vous n'y étiez pas.

— Si, avant de me laisser distraire.

— Alors, pour en revenir à ma question…

— Je suis la cadette d'une fratrie de trois, dit-elle avec un soupir. Ma sœur aînée est chanteuse lyrique. Contralto. Elle se produit au Met et vit à New York. Mon petit frère joue au rugby, dans l'équipe d'Angleterre, excusez du peu. Mes parents couraient d'une salle de concert à un banc de touche, ils n'avaient guère de temps à m'accorder, vous voyez le tableau ?

— Non, je ne vois pas. Je suis fils unique.

— Alors vous avez bénéficié de l'attention pleine et entière de vos parents.

— Pas exactement, rétorqua-t-il, les mains crispées sur le volant. Mes parents ont divorcé quand j'avais douze ans. Ils étaient si occupés à se jeter des insultes à la figure qu'ils s'occupaient très peu de moi.

Un silence suivit cette déclaration.

— Je l'ignorais, dit doucement Orla. Je suis désolée.

— Il n'y a pas de quoi. Dix-huit ans ont passé. Ils se conduisent de manière civilisée aujourd'hui. Mais longtemps, je suis allé chercher de l'attention ailleurs. Partout ailleurs, même.

— Vous l'avez trouvée, il me semble.

— C'est vrai.

Il ne regrettait absolument rien. Jusqu'à sa rencontre avec Calysta. Alors tout était parti en vrille…

— Moi, cela m'a coûté beaucoup d'efforts, déclara Orla, l'arrachant à ses pensées turbulentes. Ma seule option était l'école. J'ai travaillé comme une folle pour être la première de ma classe à chaque trimestre, rendre toujours le meilleur devoir.

— Avec succès ?

— Oui. La première fois que j'ai eu 20 en maths, mes parents nous ont tous emmenés dîner dehors et j'ai eu la permission de choisir le restaurant. J'avais huit ans, c'était le meilleur moment de ma vie. Je n'ai plus arrêté depuis. J'ai continué à viser les sommets et chaparder les moindres miettes d'attention. Par chance, étudier me plaisait vraiment.

— Et les amis ?

— Quels amis ? répliqua Orla, impassible.

Elle exigeait beaucoup d'elle-même. Des autres aussi, sans doute. Comme il l'avait pressenti, elle se mettait une pression immense.

— Et vous êtes devenue codirigeante de Hamilton Garrett…

— Je me suis épargné l'université, rien ne m'intéressait, hormis organiser et veiller à ce que tout soit impeccable, et il n'existe pas de diplôme pour cela. Après le lycée, j'ai décroché un poste d'assistante de direction dans une banque et j'ai gravi les échelons un à un jusqu'à devenir l'aide de camp du président. Puis je suis partie chez ce qui était alors les bons vieux services de conciergerie Hamilton. Mon but était d'atteindre le sommet, là encore, et après beaucoup de sueur et de larmes, j'y suis parvenue l'an dernier.

— Vous êtes impressionnante.

— Juste concentrée et déterminée…

— Y a-t-il des domaines où vous n'excellez pas ?

— Peu. Mais je les évite.

— Par exemple ?

— L'opéra et le rugby, répondit-elle sèchement.

— C'est tout ?

Elle garda le silence un moment.

— Il y a bien d'autres choses…

— Quoi donc ? Le sexe ?

Il la sentit rougir de la tête aux pieds sur son siège et

comprit qu'il avait mis dans le mille. Orla était décidément facile à décrypter, songea-t-il avec satisfaction.

— C'est compliqué. Mais assez parlé de moi, dit-elle d'un ton brusque. Et vous ? La presse économique chante vos louanges chaque semaine ou presque. On parle de vous comme le Midas du vin et du commerce en général, vous changez tout en or. Vous êtes doué aussi pour réparer les fuites d'eau et dénicher des déjeuners de roi en pleine campagne. Vous aussi, vous visez l'excellence, non ?

— Pas aux dépens de tout le reste.

Il avait des amis. Il ne craignait pas l'échec. Professionnel, du moins. Dans le privé, c'était différent. Il avait fait défaut à sa femme et à son fils si gravement que la culpabilité le rongeait encore. Mais il apprenait de ses erreurs. Cela n'arriverait plus jamais.

— C'est un défaut à vos yeux, fit observer Orla sur la défensive.

— Pas pour vous ?

— Non. Pourquoi cela le serait-il ? Pourquoi ne devrait-on pas donner toujours le meilleur de soi et viser les sommets ? La quête de la perfection me permet de maintenir le cap. J'apprécie de me sentir bien dans ma peau.

Était-ce vraiment là son unique source de plaisir ? Cela ne semblait pas très bon pour la santé. Mais qu'en savait-il, au fond… Il n'était pas une référence en matière d'estime de soi. Il avait cherché la sienne pendant dix ans dans tous les pays d'Europe et, après le rôle impardonnable qu'il avait joué dans la mort d'Arturo et de Calysta, elle persistait à lui échapper.

— Vous n'êtes pas le seul à penser que c'est un défaut, reprit Orla. Un psychologue, un jour, a suggéré la même chose.

— Vous avez eu besoin de consulter ?

— Je n'en avais pas besoin, c'est ma mère qui m'a pris un rendez-vous sans me demander mon avis. Je n'ai pas trouvé l'énergie de refuser. C'était juste après la rupture de mes fiançailles. Je me vautrais dans un abîme de désespérance.

— Mais le cœur n'était pas brisé ? demanda Duarte,

stupéfait d'apprendre qu'elle avait été fiancée alors qu'elle n'avait même pas d'amis.

— Si, bien sûr.

— Que s'est-il passé ?

— Nous avons compris que nous n'étions pas faits l'un pour l'autre. Il m'a reproché d'avoir des attentes trop élevées à son sujet. Encore une fois, je ne vois pas où est le mal…

— Il n'y en a pas.

— Exactement.

— Tant que vos attentes ne dépassent pas les capacités de l'autre, naturellement.

Orla ne répondit pas.

En quittant la route principale pour s'engager sur un chemin de terre, Duarte lui jeta un regard. Elle semblait plongée dans ses réflexions. Leur échange sur le désir, et plus précisément le moment où elle lui avait demandé s'il parlait d'expérience, lui revint en mémoire. Sa poitrine se contracta. Elle était maligne… Cette conversation sur les attentes vis-à-vis des autres commençait à le mettre mal à l'aise. Pour peu qu'elle se mette à l'interroger à son tour, à sonder son intimité, il en aurait l'estomac à l'envers, et ce n'était pas le programme de la journée, loin de là.

À son vif soulagement, ils étaient enfin arrivés à destination.

— Nous y sommes, dit-il en stoppant la voiture sous les longues branches d'un acacia.

# 7.

À quelques mètres de l'arbre sous lequel s'était garé Duarte, une plage de sable doré scintillait sous le soleil brûlant de midi telle une oasis au cœur de la forêt dense. Ici la rivière formait un coude, non loin de la frontière espagnole, mais toujours dans le district de Bragança. Pas un être humain en vue. Le lieu était magnifique, paisible, tranquille – tout l'inverse de l'état d'esprit d'Orla.

Elle dégringola au bas de la Land Rover et s'avança vers la rive pour prendre ses distances et un peu d'air frais. Sa confusion était totale. À cause de Duarte et de l'effet que lui faisait cet homme, mais surtout à cause de son propre comportement. Que faisait-elle ici ? Jamais elle n'aurait dû accepter son invitation à passer la journée avec lui. Les prétextes ne manquaient pas, entre le travail et l'humiliation de la veille. Elle n'en avait saisi aucun, pourtant.

Pourquoi donc ?

Peut-être voulait-elle simplement le connaître mieux. Jusqu'ici leurs conversations avaient tourné autour d'elle exclusivement. En maître de l'esquive, Duarte était resté une énigme. Avait-elle donc cherché à corriger ce déséquilibre ? À moins qu'elle ne brûle d'envie de découvrir les histoires cachées derrière les ombres qui passaient quelquefois sur son visage, derrière ces regards méfiants, fermés, qu'elle surprenait ici et là.

Si tel était le cas, elle n'était guère plus avancée, songea-t-elle en contemplant le paysage sublime qui s'étendait devant elle, une main en visière sur le front. Au contraire, c'était elle, une fois encore, qui s'était livrée de trop.

Quelle idée d'avoir évoqué son ex ! Le franc-parler de Duarte devait être contagieux. Elle regrettait de s'être épanchée à ce point. La remarque de Duarte sur les attentes vis-à-vis des autres l'avait marquée. Avait-elle trop demandé à Matt ? Au moment de la rupture, juste après son licenciement, Matt lui avait reproché de ne pas le soutenir. Elle s'était entendu dire qu'elle était épuisante et impossible à contenter. À ce moment-là, dans son esprit, si Matt n'était pas à la hauteur, s'il n'était pas assez bon pour se trouver un autre travail, c'était son problème… Peut-être n'était-ce pas aussi simple.

Comme si le chaos dans sa tête ne suffisait pas, elle commençait à se demander si en acceptant l'invitation de Duarte elle n'avait pas eu envie, en dépit du désastre de la veille, de discuter avec lui de ses attentes dans l'intimité. Elle était curieuse de connaître les objectifs qu'il se fixait, surtout la concernant. Contre toute logique, contre toute évidence, nourrissait-elle quelques espoirs tout au fond d'elle-même ? C'était fort possible. Son cœur avait cogné fort lorsqu'il s'était garé devant l'hôtel. Dans la voiture, pourtant décapotée, tout à l'heure l'air lui manquait…

C'était de la folie. Rien de tout cela n'avait de sens et pour une femme qui savait toujours ce qu'elle faisait et où elle allait, ces pensées contradictoires, cette conduite irrationnelle, incontrôlée, étaient assez inquiétantes. La raison commandait de repartir immédiatement. Cependant, elle ne s'y décidait pas.

Avec un soupir d'impuissance, Orla fit demi-tour et retourna vers la voiture. Duarte était en train de sortir du coffre une énorme glacière avec une aisance surprenante. Peut-être trouverait-elle un brin de réconfort en l'interrogeant à son tour, histoire de rétablir l'équilibre et reprendre la main. Le sujet de son drame familial était un peu délicat à aborder, mais bien d'autres domaines de sa vie restaient à explorer.

— Comment avez-vous découvert cet endroit ? s'enquit-elle.

Duarte lui tendit une couverture avant de se diriger vers un coin d'herbe plat et ombragé en bordure de la plage.

— Il se trouve sur la propriété. C'est un secret bien gardé, transmis de génération en génération.

Sur la propriété ? Mais jusqu'où s'étendait-elle au juste ? Ils avaient roulé près d'une heure pour arriver ici ! La route sinuait d'une colline à l'autre avant de plonger vers la vallée…

— C'est superbe, lâcha-t-elle.

— Oui. Le lieu idéal pour un pique-nique.

Et quoi encore ? Des manœuvres de séduction ? Qui d'autre avait-il conduit ici ? Des maîtresses ? Sa femme ?

— Venez-vous souvent par ici ?

— Étudiant, j'ai amené un jour une petite amie au bord de la rivière. Je ne suis plus revenu depuis.

Avec un soulagement inexplicable, Orla étendit la couverture sur l'herbe. Duarte tomba à genoux, ouvrit la glacière et entreprit de disposer les victuailles, un assortiment alléchant de viandes froides et de fromages accompagné de tomates, d'olives, de petits pains. Puis il sortit d'un panier deux verres et une bouteille de vin rouge rubis à demi entamée.

— Qu'est-ce que c'est ?

— Notre vin.

Orla s'assit, les sourcils froncés.

— Est-ce qu'il est encore buvable ?

— Normalement oui, dit Duarte en lui tendant un verre. Je tenais à vous remercier.

— De rien.

— J'ai été impressionné.

— Vous n'en aviez pas l'air, murmura Orla, le cœur battant.

— Vous avez réussi là où j'avais échoué, dit Duarte avec un sourire en coin. Mon orgueil en a pris un coup.

— Est-il vraiment fragile à ce point ?

— Comme le cristal. D'où notre présence ici.

Bien sûr. Hier soir… Les attentes, les astuces…

Son corps s'échauffa d'un coup. De quoi parlaient-ils, déjà ? Ah ! Oui. Du vin.

— Pourquoi ne l'avez-vous pas fini l'autre soir ?

— Je ne bois jamais seul.

— La tentation est trop puissante ?

Il haussa les épaules.

— Quelque chose comme ça.

Sa légèreté de ton laissa Orla sceptique. Il y avait des raisons plus profondes, sûrement. Pouvait-il être responsable de la pagaille sans nom qu'elle avait trouvée dans sa maison dix jours plus tôt ? Avait-il noyé sa détresse dans le vin, après le décès de sa femme et de son enfant ? Cela semblait l'explication la plus probable. Le bruit courait qu'il avait disparu de la scène publique pendant deux longs mois…

Elle ne lui poserait pas cette question. Trop indiscrète. Et puis, ce verre de Château-Lafite la renvoyait à leur baiser, dans le bureau de Duarte. Les jambes du vin, et celles de Duarte. La saveur, les caresses, cette fête sensuelle… Elle avait écouté la raison, ce soir-là. Elle avait fui.

Orla ravala un soupir en s'octroyant une gorgée de ce vin qui se révéla tout aussi délicieux que deux jours plus tôt.

— Servez-vous, dit Duarte en lui tendant une assiette.

Il attendit qu'elle ait fait son choix parmi les collations appétissantes avant de l'imiter. Orla se redressa et croisa les jambes en s'efforçant de ne pas manger des yeux son compagnon étendu sur le côté, en appui sur un coude.

— C'est délicieux, dit-elle en grignotant un morceau de poulet.

Elle s'essuya les doigts sur une serviette et hésita sur le prochain plat à goûter.

— Le café du village est parfait, dit Duarte.

— Vous cuisinez, en temps normal ?

— Parfois, répondit-il en ouvrant un petit pain pour y glisser quelques tranches de *presunto*. Je mange souvent à l'extérieur.

— Pour le travail ?

— Oui. Avant de présider l'entreprise, j'étais responsable

des relations publiques et du marketing, ce qui impliquait un certain nombre de dîners et de dégustations de vin.

— Je parie que vous étiez doué dans cet exercice.

Duarte lui décocha un bref sourire éblouissant.

— Très.

— Et comment êtes-vous devenu président ?

Elle fourra dans sa bouche un morceau de fromage crémeux à souhait et se retint de grogner de plaisir comme le goût explosait sur sa langue.

— Mon père voulait prendre sa retraite. Le timing était parfait.

— Vous vous êtes inscrit chez nous juste après.

Il la considéra d'un air pensif.

— Vous avez la mémoire des dates !

— Il le faut bien, dans ma partie. Et sinon, où vivez-vous ?

— J'ai un appartement à Porto.

— C'est loin.

— En effet.

— Vous faites l'aller-retour tous les jours ?

— Non, je me suis installé à la Casa. Où je vous ai trouvée le premier jour.

Orla revit soudain le moment où tout avait commencé. Duarte était hostile, agressif, ce jour-là. Était-ce à peine quatre jours plus tôt, vraiment ? Dormait-il encore dans le lit où elle s'était assoupie ? Entre les mêmes draps…

Ses joues se colorèrent à cette pensée.

— Que s'est-il passé, là-bas ? demanda-t-elle tout à trac avant de se mordre la langue.

— Pardon ?

Le cœur lui manqua. Elle croisa le regard de Duarte, qui s'était crispé. Il était sur ses gardes. Orla aurait donné n'importe quoi pour retirer sa question, mais il était trop tard. La curiosité avait été trop forte.

— La maison était dans un état… apocalyptique, murmura-t-elle.

Duarte acquiesça d'un air sombre.

— Qu'est-il arrivé ?

— La femme de ménage a démissionné.

— Vous auriez dû me demander de vous en trouver une autre.

— Cela m'est sorti de l'esprit.

Sûrement pas. Orla doutait même que l'idée lui soit venue. Une partie d'elle-même mourait d'envie d'insister, mais le visage figé de Duarte exprimait une angoisse indicible. Sa gorge se serra. Elle refoula tant bien que mal les questions qui tournaient dans sa tête. Pas question de le torturer davantage. Cette période avait été sûrement atroce pour lui. Son fils, mort-né début mai. Sa femme, décédée six semaines plus tard. Cela ferait trois ans dans quinze jours, en fait. En ces deux occasions, sa compagnie de conciergerie avait envoyé des fleurs, un geste tellement dérisoire, avait-elle songé alors.

— Nous devions discuter astuces, il me semble, dit-elle précipitamment.

À ces mots, comme elle l'avait espéré, un éclat illumina brièvement le regard tourmenté de Duarte.

— Je suis curieux de savoir celles que vous me prêtez, dit-il avec un léger sourire.

Orla reposa son assiette, son bel appétit envolé.

— Évidemment, je n'ai pas les détails, mais j'ai lu la presse people. Vous avez une longue liste de conquêtes à votre actif.

— Vous ne devriez pas croire tout ce que vous lisez.

— Allez-vous nier ?

— Non.

— Alors, combien ?

— Je n'ai jamais compté.

— Il y en a eu tant que ça ? Alors vous avez forcément une longue liste d'astuces dans votre manche.

— J'ai surtout un instinct. Je regarde, j'écoute et j'apprends. Il n'y a pas de mode d'emploi ni d'attentes autres que du plaisir pour tout le monde.

— Croyez-vous sincèrement que la seule façon de se débarrasser du désir soit d'y céder ?

— Oui, répondit Duarte, catégorique.

Sa femme avait sûrement fait exception. Entre mari et femme, une attirance durable était un bonus plutôt qu'une nuisance.

Mais qu'en savait-elle, au fond ? Elle était tout sauf experte en la matière. Elle avait voulu naguère épouser un homme pour qui elle éprouvait des sentiments assez tièdes, après tout… Ce qui était incompréhensible. Il n'y avait *aucune* comparaison avec l'effet que lui faisait aujourd'hui Duarte.

— Encore une fois, mon expérience est limitée, dit Orla avec un soupir.

Duarte haussa un sourcil.

— L'ex-fiancé ?

— Oui. Et ce n'était pas le paradis.

— Combien de temps ont duré vos fiançailles ?

— Six mois. Avant cela, nous nous fréquentions depuis un an.

— Vous disiez n'avoir pas d'amis…

— Je travaille beaucoup.

— Dans ces conditions, comment l'avez-vous connu ?

— Sur une appli de rencontres.

Elle avait vingt-deux ans, la solitude lui pesait. Sa virginité aussi. Elle avait voulu rectifier ce qui lui apparaissait comme un échec. Aussi acharné qu'elle dans son travail, Matt avait le profil parfait à première vue, et l'avenir semblait si radieux qu'elle s'était résignée à accepter une entente physique très moyenne.

— Comment a-t-il fait sa demande en mariage ? Sur un iceberg ?

— Un matin, au petit déjeuner. Il est conseiller fiscal. Il a fait valoir que la mise en commun de nos ressources tenait du bon sens, pour les impôts. Avec le recul, c'est assez triste. Et révélateur.

— Quand cela s'est-il terminé ?

— Il y a quatre ans. C'est long, je sais, dit-elle très vite devant l'air surpris de Duarte, mais le sexe avait été si décevant… Par ma faute, sûrement, de surcroît.

— Comment diable pourriez-vous être fautive ?

— Je crains d'être… frigide.

— Jamais de la vie, répliqua Duarte, dont les yeux voyagèrent sur son corps avant de s'arrêter sur sa bouche. Vous avez simplement besoin de moins réfléchir et de vous fier à l'alchimie. La nôtre est exceptionnelle, soit dit en passant. C'est rare.

— Un vrai gâchis…

— Vous avez sans doute besoin aussi de prendre les commandes.

Elle le regarda, prise d'un léger vertige.

— Vous croyez ?

— Vous l'avez dit vous-même…

— Je parlais du travail.

— Pourquoi serait-ce différent dans les autres domaines ?

Le besoin de contrôle. Jamais elle n'avait considéré cela comme un problème, jusqu'à présent. Après réflexion, Duarte n'avait pas tort. Face aux événements qu'elle ne maîtrisait pas, la panique montait…

— Dans ces conditions, reprit-il en la fixant droit dans les yeux, sachez que vous pouvez me faire tout ce que vous voulez, quand vous voulez.

Orla en oublia de respirer.

— Sérieux ? bredouilla-t-elle.

— Très sérieux. Vous gardez le contrôle d'un bout à l'autre. Vous décidez de ce qui vous plaît et de ce qui ne vous plaît pas, avec la possibilité d'arrêter à tout moment.

— Est-ce que cela changera quelque chose ?

— Pour le savoir, il faut essayer. Donnez-vous un programme. Donnez-*moi* des ordres. Vous êtes douée pour cela.

En effet. Et c'était tentant, car elle voulait les vivre, ces instants de grâce, ces envols vers les étoiles et l'oubli bienheureux…

Seulement il y avait le risque que l'histoire se répète. Le

soir de leur baiser, et ce fiasco hier, encore… Alors elle filerait attraper le premier vol pour rentrer chez elle tête basse et déléguer le dossier Duarte de Castro à un collègue. Une perspective qui ne lui souriait pas du tout.

— Vous n'aimez pas les ordres, objecta-t-elle.

— Pour vous, je suis prêt à faire une exception.

— Pour quelle raison ?

— Parce que je vous veux. Vous êtes sublime et sacrément sexy. La passion bouillonne sous la surface, ce serait dommage de gaspiller tout cela. Vous me plaisez, Orla.

Orla resta bouche bée. Duarte la trouvait sublime ? Elle lui plaisait ? Se serait-il de nouveau cogné la tête ?

— Et si… si vous n'aimez pas ce que je fais ?

— Je doute que ce soit possible, répliqua Duarte d'une voix sourde. Il n'y a pas de règles. Faites ce qui vous vient naturellement à l'esprit.

Oh ! Avoir sa confiance…

Seulement, elle n'avait jamais rien fait naturellement. L'instinct ne lui semblait pas fiable. Elle étudiait, planifiait et s'entraînait jusqu'à ce que tout soit parfaitement calé. Elle relisait trois fois ses courriels avant de les envoyer. En cas de présentation à donner en public, elle ne laissait rien au hasard, jamais. Elle préparait tout plusieurs semaines à l'avance de façon à pouvoir répéter son discours encore et encore. Elle ne comprenait tout simplement pas comment l'instinct, indomptable, imprévisible, pouvait se révéler plus sûr qu'une préparation soigneuse et réfléchie.

Mais peut-être s'agissait-il ici d'un exercice impossible à étudier au préalable. Il n'y avait pas d'examen au bout… Et puis, qu'allait-elle faire, se résigner au célibat, vivre une demi-vie, pour ne pas courir le risque de persévérer dans l'échec ? Cela sonnait comme un échec d'un autre genre. Une lâcheté, plutôt. Alors, était-elle capable de changer une habitude acquise dans l'enfance et de passer de l'apprentissage forcené à l'instinct naturel ?

Il n'y avait qu'un moyen de le savoir.

Son cœur maintenant cognait si fort contre ses côtes qu'il finirait par les fendre. Rassemblant son courage, Orla se lança.

— Allongez-vous sur le dos, dit-elle.

Un muscle tressaillit dans la joue de Duarte. Un éclair jaillit de ses yeux sombres.

— Vous voyez ? Je vous l'avais bien dit, que vous étiez douée pour donner des ordres…

— Silence ! Je dois me concentrer pour faire ce qui me vient spontanément.

— Quelle ironie…

— Chut !

S'il ne se taisait pas, elle allait devoir user différemment de sa bouche… Serait-ce le meilleur point de départ ? L'endroit juste ?

Non. Il n'y avait pas d'endroit juste. Elle commencerait où cela lui plairait. Et là, tout de suite, elle avait envie d'explorer longuement le corps de Duarte dans ses moindres détails.

Étouffant résolument la petite voix dans sa tête acharnée à analyser et évaluer ses performances, Orla traversa la couverture en sinuant entre les restes du pique-nique et s'agenouilla auprès de Duarte étendu devant elle tel un festin exclusif qui lui serait réservé.

Le cœur dans la gorge, elle se pencha pour déboutonner la chemise. Elle prit son temps, savourant chaque centimètre de jolie peau hâlée ainsi dénudée. Sous cet angle, c'était un peu bizarre. Elle se faisait l'effet d'un médecin examinant un patient. Pas le scénario idéal…

Elle se redressa, retroussa sa jupe et d'un mouvement souple s'assit à califourchon sur lui. Ah ! C'était mieux. De là, elle put poser les mains sur les épaules de Duarte et lui retirer sa chemise avec son aide. Comme elle dessinait de la pulpe des doigts les muscles du torse, puis les autres plus bas, Duarte se tendit et expira dans un long sifflement. Relevant la tête, Orla vit que ses yeux avaient viré à la couleur de l'orage. Il serrait les dents…

Il la désirait. Violemment. Entre ses cuisses se pressait

un sexe dur comme l'acier et soudain, sans prévenir, une vague brûlante lui inonda le ventre. La tête lui tourna, son pouls s'accéléra, mais pas question de s'interroger sur ces phénomènes. Pas question de penser à quoi que ce soit. Elle allait plutôt l'embrasser.

Les yeux rivés à la bouche de Duarte, Orla s'inclina, planta les mains sur la couverture de part et d'autre de sa tête et posa les lèvres sur les siennes. Tout doucement, elle glissa la langue entre elles, pour le plaisir de l'explorer sans hâte, avec minutie. Ses yeux se fermèrent malgré elle. Des étoiles dansaient dans sa tête. Ses sens prenaient les commandes tout seuls, presque à son insu, tandis qu'elle se laissait griser par la saveur de vin riche et d'exquise perversité de Duarte, et par l'odeur masculine, épicée, qui lui chatouillait les narines et se répandait dans son corps tout entier.

Comme il lui rendait son baiser, elle sentit, à la rigidité de son corps, à ses poings serrés sur les côtés, combien il se retenait. Savoir qu'elle l'affectait à ce point l'aiguillonna et lui donna la confiance nécessaire pour s'arracher à sa bouche et passer à la suite.

La joue, dont la barbe naissante la fit frissonner. La gorge, dont la base palpitait. Irrésistible ! Elle y posa les lèvres. Il gronda sourdement…

Besoin d'air. Orla se redressa, hébétée, le souffle court, et baissa les yeux. À un moment, ses mains avaient dérivé sur le torse de Duarte. L'instinct avait du bon. Le cœur tempêtait au-dessous, presque aussi fort que le sien. Ses paumes glissaient maintenant sur la peau toute chaude et sur le léger duvet qui s'étrécissait à mesure avant de disparaître sous la ceinture du short.

Elle brûlait de fièvre. Son T-shirt était trop serré. Respirer devenait compliqué. Sans réfléchir, sans s'inquiéter une seconde, elle s'en débarrassa et le jeta sur le côté. Son soutien-gorge – en dentelle aujourd'hui, à croire que son inconscient avait anticipé une possibilité – suivit bientôt le même chemin, la laissant nue jusqu'à la taille. Ainsi exposée au regard affamé de Duarte, c'est à peine si elle sentit le souffle rafraîchissant de la brise.

— Tu me tues, murmura-t-il.

Il semblait à la torture. Faisait-elle quelque chose de mal ? Mais non, se remémora aussitôt Orla, il n'y avait ni bien ni mal. Juste la fièvre et le désir et, à sa plus grande joie, l'un et l'autre l'habitaient toujours.

Mais elle voulait davantage. Bien davantage !

— Touche-moi, répliqua-t-elle sur le même ton.

D'un geste vif, Duarte cala une main sur sa taille et se redressa en position assise. Elle cherchait encore son souffle lorsque la seconde main atterrit sur sa taille. Sa peau grésilla, comme marquée au fer rouge.

— Encore, haleta-t-elle, glissant les bras autour de son cou pour ficher les doigts dans ses cheveux.

Une main caressante remonta obligeamment jusqu'à son sein, s'y posa en coupe et… oh ! C'était si différent de la veille ! Son corps tout entier était en émoi, parcouru de petites décharges électriques, du sommet du crâne aux orteils. Elle se mit à trembler. Un gémissement lui échappa et cette fois il n'était pas feint, il venait du plus profond de ses entrailles.

Étourdie de désir, elle ne pensait plus qu'aux grandes mains bronzées qui lutinaient sa peau et laissaient une brûlure dans leur sillage, de plus en plus curieuse de découvrir ce dont elle était capable, d'agir pour apaiser l'envie qui lui mordait le ventre maintenant. Le cœur affolé, elle glissa la main entre eux, défit la ceinture, batailla avec la fermeture Eclair. Duarte s'écarta légèrement pour qu'elle abaisse short et boxer d'un seul mouvement et, enfin, elle referma des doigts tremblants sur le sexe chaud et doux comme le velours.

Ce n'était pas encore assez. Elle le voulait dans sa bouche. Envie de le goûter, de savoir s'il aimait cela, et comment il l'aimait… Sans hésiter, elle plaqua la paume sur son torse. Il bascula de nouveau sur le dos avec un petit cri de surprise, qui se mua en soupir, puis en grognements de plus en plus rauques et sonores à mesure qu'elle étanchait sa soif de découvertes.

La nature était merveilleuse. L'instinct était magique. Duarte aimait tout. Chaque petit coup de langue, chaque caresse. Elle aussi se régalait, mais l'envie qui la tenaillait se faisait impérieuse et maintenant elle le voulait en elle, au plus intime.

Elle redressa la tête. Duarte avait les yeux dans le vague, le visage crispé, le corps tout entier sous tension.

— Protection ? murmura-t-elle.

— Panier.

Cette voix enrouée, venue d'ailleurs, griffa ses nerfs à vif. À deux doigts de mourir de désir, Orla tendit le bras et attrapa la boîte.

— J'espère que tu ne me prends pas pour une profiteuse, dit-elle en déchirant un étui.

— Tu n'en es pas une. Et même si c'était le cas je m'en ficherais complètement, répliqua Duarte.

Il se protégea avec une célérité remarquable tandis qu'Orla se débarrassait de sa culotte. Se mordillant la lèvre inférieure, elle revint s'empaler en douceur sur lui. Il était si grand ! Bouleversée de le sentir au plus profond d'elle-même, elle se pencha en avant et l'embrassa, puis elle se mit à bouger, incapable de s'en empêcher. C'était comme si son corps décidait seul, qu'elle se bornait à le suivre.

Et quel voyage il lui proposait là ! Elle était en feu. Ses os fondaient comme neige au soleil. Leurs baisers généraient assez de courant pour alimenter un petit pays. À chaque roulement de ses hanches, les sensations flambaient…

Voilà donc le résultat lorsqu'on laissait faire la nature, songea Orla dans une brume alors que la pression montait, montait… Voilà ce que c'était, de geindre et de gémir et de soupirer sans en avoir l'intention.

Une main sur ses reins, l'autre sur sa nuque pour la presser contre lui, Duarte inclina la tête pour approfondir leurs baisers. À croire qu'il savait ce dont elle avait besoin et s'empressait de la satisfaire. Elle n'avait rien contre, finalement. Tout lui convenait. Mieux, tout la ravissait…

Leur étreinte devint rapidement incontrôlable. S'embrasser tenait de l'impossible tant la fièvre était insupportable. Orla avait l'impression que son corps ne lui appartenait plus, comme s'il était tombé sous l'emprise d'un besoin défiant l'analyse, puissant, irrépressible, ébouriffant. Cela tournait au supplice, ce cœur fou, cette tension qui n'en finissait plus de grimper. Cette sensation de courir droit vers quelque chose qui arrivait vers elle à la même vitesse…

Elle eut vaguement conscience de Duarte glissant les doigts vers son sexe avec une précision diabolique – et soudain, avec un cri impossible à contenir, elle vola en éclats.

Vague après vague, le plaisir la submergea, si intense qu'elle visita un ciel peuplé de milliers d'étoiles. Une allégresse pure avait envahi son corps. Elle s'aperçut qu'elle tremblait de la tête aux pieds, en proie à des soubresauts incontrôlables.

Plongeant en elle une dernière fois, Duarte, saisi à son tour de tremblements, poussa une longue plainte rauque, et tout son corps à elle se mit à vibrer à l'unisson. Alors, elle sut que tout avait été parfait. Merveilleusement, délicieusement parfait.

# 8.

Complètement épuisé, l'esprit en déroute et le corps alangui, Duarte chavira sur la couverture, entraînant avec lui Orla toute mouillée de sueur. Il respirait avec difficulté, à peine capable de croire à ce qui venait de se passer. En proposant de lui laisser les commandes, il s'attendait à devoir batailler pour achever de la convaincre. Il entrevoyait une combustion lente, pas un incendie !

Quand avait-il perçu un tel enthousiasme chez une partenaire ? Ou ressenti lui-même un désir aussi intense ? Laisser les commandes au lit ne lui avait jamais posé de problème, mais il se demandait encore comment il avait réussi à s'abstenir de la toucher au tout début. Ses explorations minutieuses… La torture à laquelle elle l'avait soumis… Lorsqu'elle avait capturé sa bouche, son cœur avait failli s'arrêter. Et en jouissant, il était au bord de s'évanouir.

Orla se détacha de lui avec précaution. Immédiatement le doux poids de son corps chaud lui manqua. En se détournant pour retirer le préservatif de ses mains tremblantes, il rêvait déjà de la reprendre dans ses bras et de ranimer le feu qui brûlait entre eux car, même à bout de forces, il en voulait encore.

C'était assez inattendu. Il n'avait pas menti en expliquant à Orla qu'avant son mariage une nuit suffisait en général à satisfaire son désir. Il s'ennuyait vite et recherchait la variété. Apparemment il avait beaucoup changé ces dernières années, car il était très loin de s'ennuyer avec Orla. La seule pensée d'aller chercher de l'attention ailleurs lui donnait la nausée.

Qu'est-ce que cela signifiait ? Que cherchait-il auprès d'Orla ? D'autres moments comme celui-ci, certainement, mais rien de permanent, pour sûr. Une aventure temporaire, alors. Tant qu'elle se trouvait ici au Portugal. Cela pourrait marcher. Ce serait même idéal, à plus d'un titre. De quoi apaiser sa violente envie d'elle et s'offrir une distraction dont il avait grand besoin. L'anniversaire de la mort de sa femme approchait. Ce jour-là ne manquait jamais de mettre à l'épreuve sa capacité à maîtriser sa culpabilité et la douleur de la trahison. Une liaison avec Orla serait infiniment préférable à la recherche d'une consolation alcoolisée, solution qui ne lui avait guère réussi jusqu'ici.

Le plan prenait forme dans sa tête. Vouloir un peu plus avec Orla n'était pas un souci, se dit-il fermement en roulant sur le dos pour revenir face à elle. Ce n'était pas comme s'il ne se sentait pas capable de la renvoyer dans ses foyers à la fin de l'histoire.

La seule difficulté éventuelle serait d'obtenir son accord. Elle avait accepté de céder au désir une unique fois. Peut-être cela lui avait-il suffi. Une case cochée. Un échec surmonté. Elle avait encore la main, rien de plus facile que de dire non. C'était assez inquiétant. À lui de lui faire partager son point de vue, de l'amener à voir que chacun y trouverait son compte. Lui, n'était pas près de laisser passer cette chance.

— Tu avais raison, dit Orla d'une voix éraillée.

— À quel sujet ?

— Je ne suis pas frigide.

C'était évident. Elle était même tout le contraire ! Chaude comme la braise. Volcanique, même. Exactement comme il l'avait pressenti. Alors pourquoi diable avoir choisi pour époux un type incapable de révéler sa vraie nature, elle qui visait toujours la perfection ?

— Existe-t-il un seul domaine dans lequel tu n'excelles pas ? lui lança-t-il.

Elle s'étira langoureusement, les joues rosies et tout ébouriffée, à demi nue, superbe, et lui décocha un grand sourire satisfait.

— Si oui, il reste à trouver ! Mais je te retourne le compliment.

Là, elle faisait fausse route. Il n'était pas doué en tout, loin de là. Il laissait ses émotions fausser son jugement. Il avait une tendance à l'égocentrisme. Il échouait à protéger ceux dont il avait la responsabilité. Autant de points faibles aux conséquences dévastatrices et irréversibles.

Mais là tout de suite, ce n'était pas le sujet.

— Imagine un peu, dit-il, ce que nous pourrions faire avec davantage d'entraînement.

— Davantage d'entraînement ? répéta tout bas Orla, la surprise se mêlant au ravissement. Je croyais qu'une fois suffirait ?

— Moi aussi, murmura Duarte en la caressant des yeux. J'avais tort.

— Alors… Que suggères-tu ?

— Une liaison, répondit-il du tac au tac. Pendant les trois semaines qui nous restent avant la fin de la conférence. Après quoi, chacun repartira de son côté. Je ne cherche pas une relation durable, Orla. Je n'en ai ni le temps ni l'envie. En revanche, j'ai très envie de toi et de me régaler encore. Qu'en dis-tu ?

Au vrai, Orla n'avait jamais ressenti un tel soulagement. Même le « Oui, bien sûr ! » d'Isabelle Baudelaire en réponse à sa requête pour le vin faisait pâle figure en comparaison.

Car elle venait de vivre l'expérience la plus intense de sa vie et savait, avec une certitude absolue, qu'une fois ne lui suffirait pas. C'était si diablement bon. Elle avait encore envie de lui, là, en cette seconde. Comment était-ce possible, alors qu'elle sentait à peine ses jambes ?

Il ne voulait pas d'une relation ? Ce n'était pas un problème.

C'était même logique. Il avait connu le mariage parfait. Sa femme était irremplaçable. Sans égale, même. Comment rivaliser avec un tel fantôme ?

Elle non plus n'aspirait pas à une authentique relation. La première lui avait suffi. La seule pensée d'en vivre une autre, qui s'achèverait inévitablement sur une déception cruelle et une autoflagellation douloureuse, la hérissait. À elle aussi le temps manquait, de toute façon.

En revanche, elle avait du désir à revendre. De la curiosité, aussi. Il fallait poursuivre les recherches. Une fois ne prouvait pas grand-chose. Elle avait besoin de tester ses limites, le degré d'excellence qu'elle pouvait atteindre. Qu'il pouvait atteindre, lui. Et tous les deux ensemble…

Cela ne l'empêcherait pas de travailler. Elle savait mener plusieurs projets de front. Trois petites semaines, ce n'était pas si long. Mais au moins la vie serait intense, brûlante, pleine de joie ! À la fin de la conférence, elle repartirait lestée de beaux souvenirs et sans le moindre regret.

— Va pour une liaison, dit-elle.

Les journées suivantes furent fabuleuses et révélatrices pour Orla, d'une manière à la fois attendue et insoupçonnée. En lui confiant la clé du sexe *renversant*, Duarte avait déchaîné en elle un démon dont elle ignorait jusqu'à l'existence. La première fois qu'elle avait touché le ciel, au bord de la rivière, ce n'était qu'un début… Ce jour-là il avait entrepris de lui montrer la dose précise de plaisir que pouvait endurer son corps. Une dose puissante, en l'occurrence ! Le soir venu, son corps était tout alangui, indolent, à peine capable de bouger.

Quelle chose puissante que le contrôle ! s'était-elle émerveillée, étendue sur la couverture, le visage offert au soleil, des étoiles plein la tête. La confiance aussi. Celle capable de vous faire lâcher prise un moment. Voilà ce que lui avait donné Duarte. La confiance…

Se découvrir capable d'exceller au lit, après avoir enfin

surmonté un obstacle qui la tourmentait depuis des années, l'avait tant bouleversée qu'elle avait pris un moment ensuite pour aller se promener seule sur la berge et rêvasser en donnant de petits coups de pied dans l'eau douce qui lapait ses chevilles.

Peut-être devrait-elle oser davantage. Prendre quelques risques, au lieu d'éviter systématiquement ce qu'elle ne pensait pas maîtriser. À voir ce qui venait de se passer… Bien sûr, un échec restait possible, mais le résultat pouvait se révéler stupéfiant pour peu que la réussite soit au bout.

Depuis cet après-midi-là, lorsqu'elle n'était pas accaparée par les préparatifs à la Quinta ou par d'autres imprévus liés à son travail, elle était dans le lit de Duarte. Ou Duarte dans le sien. Le plus proche faisait l'affaire.

Il avait menti en prétendant ne pas disposer d'astuces. Il en avait tout un éventail, toutes plus étourdissantes les unes que les autres. Orla en avait elle-même imaginé plus d'une, dont celle testée sous la douche pas plus tard que la veille à l'aube.

Croyant Duarte parti pour effectuer ses longueurs matinales habituelles dans la piscine, elle avait fait couler l'eau et s'était mise à chanter en se savonnant. À chanter horriblement faux… Raison pour laquelle elle s'abstenait d'ordinaire. Mais hier une chanson lui trottait dans la tête, qui parlait de bonheur et de maisons sans toit. Cet air la rendait folle, alors elle s'était dit : pourquoi pas ?

Elle avait eu la peur de sa vie quelques minutes plus tard, lorsque Duarte avait surgi en demandant qui était en train d'étrangler le chat. Elle l'avait entraîné sous le jet et s'était surpassée pour reléguer son humiliation dans l'oubli. Sa conviction toute neuve que, parfois, courir un risque pouvait déboucher sur un résultat spectaculaire s'en était trouvée renforcée.

Loin de s'inquiéter du monstre qu'il avait déchaîné, Duarte ne la lâchait plus, aussi insatiable qu'elle, comme si lui aussi rattrapait le temps perdu. C'était bien possible, du reste. Il apparaissait toujours seul sur les photos publiées depuis la mort de sa femme.

— Viens nager avec moi, dit Duarte en rejetant le drap pour quitter le lit, l'arrachant brutalement à ses réflexions.

La vue de son corps nu acheva de la distraire.

*Nager ?* Orla frissonna. Il ne l'avait jamais invitée à l'accompagner et cela lui convenait très bien.

— J'ai du travail, murmura-t-elle.

— Il est encore tôt…

— Je n'ai pas de maillot.

— Pas besoin, nous sommes seuls ici, répliqua Duarte avec un sourire entendu en lui lançant une serviette.

Elle l'attrapa au vol et la posa près d'elle.

— Une autre fois, peut-être.

— Tu ne le regretteras pas, fais-moi confiance.

Orla fronça les sourcils.

— Pourquoi tant d'insistance ?

— Pourquoi ces dérobades ?

— D'accord, dit Orla avec un soupir défait. Je ne sais pas nager, voilà.

— Vraiment ?

— On ne m'a jamais appris. Pareil pour le vélo. Mon enfance a été quelque peu négligée, tu te souviens ?

— Tu aurais pu apprendre sur le tard.

— Sans doute, mais cela faisait partie des choses que j'évitais, puisque je ne les maîtrisais pas. C'est pathétique, je sais. Inutile de me juger.

— Ce n'est pas pathétique et je ne te juge pas. Je m'étonne, c'est tout.

— Ce n'est pas si rare…

— Je vais t'apprendre.

Entrer dans une piscine pour se ridiculiser ? Pas question ! Surtout nue. Et surtout devant quelqu'un comme lui, si brillant dans tout ce qu'il entreprenait. Elle avait pris l'habitude d'éviter plages et piscines. Elle en avait presque oublié son inaptitude à nager.

Mais voilà qu'elle y repensait. Et qu'elle se demandait, curieusement, s'il ne serait pas agréable de partir un jour en vacances dans un pays chaud. Non qu'elle ait eu le temps jusque-là de prendre des congés, encore moins celui de trouver quelqu'un pour l'accompagner, mais un séjour au soleil sans aucun moyen de se rafraîchir semblait un avant-goût de l'enfer. Après réflexion, trois semaines ici à travailler dans une chaleur incessante, couverte de sueur en permanence, n'était pas très amusant non plus de ce point de vue. Et oui, elle s'était surprise à reluquer plus d'une fois les piscines, ici et à la Quinta.

Peut-être devrait-elle accepter une leçon ou deux. Duarte lui avait appris le vin. Il lui avait appris le sexe. Pourquoi pas la natation ? Elle s'aperçut soudain, avec une drôle de joie intérieure, qu'elle lui faisait confiance. Des choses intéressantes se produisaient lorsqu'il entreprenait d'améliorer son éducation. N'était-ce pas une occasion en or d'effacer un autre élément de sa liste des défis à éviter ?

Orla inspira un grand coup. De toute façon, rien ne pouvait être pire que de se faire surprendre en train de chanter sous la douche.

— D'accord, dit-elle. Allons-y !

— Tes mains sont-elles censées être là où elles sont ?

Posté à côté d'Orla dans la piscine, Duarte la regardait gigoter et battre des jambes, sourire aux lèvres.

— Absolument, répondit-il.

— Une sous le ventre et l'autre sur le dos, ce ne serait pas plus logique qu'une sur mes fesses et l'autre sur mon sein ? Quelque chose me dit que tu profites un peu de la situation…

Un peu ? Il profitait d'elle dès que l'occasion se présentait, et ses mains ne s'étaient pas posées n'importe où. Il ne pouvait pas se retenir de la toucher. Sa peau était soyeuse, son corps, chaud et délicieux. Coup de chance, ce désir incessant était partagé. Comme il l'avait soupçonné, sous la surface un brin rigide bouillonnait une lave prête à jaillir à la plus infime provocation – qu'il se faisait un plaisir de lui offrir.

L'idée d'une liaison avec Orla avait été un coup de génie. Celle de lui apprendre à nager n'était pas mauvaise non plus, songea Duarte en la relâchant à regret. Non seulement cet apprentissage offrait mille occasions de contact direct, mais en évitant ce qu'elle ne savait pas faire Orla avait raté beaucoup de choses, et cette idée ne lui plaisait pas. La perspective de pouvoir remédier à cela l'emplissait de satisfaction, pour une raison qui lui échappait complètement. Encore aujourd'hui, il ignorait pourquoi il lui avait proposé cette baignade, alors que d'habitude ce temps était destiné à lui éclaircir les idées et à restaurer l'ordre qu'elle fichait en l'air avec une aisance déconcertante.

— Là ! dit-il en se concentrant de nouveau sur son rôle de maître-nageur. Tu vois ? Tu nages !

— Moi ?

Elle s'arrêta contre le rebord et se retourna vers lui en battant des cils.

— Oh mon Dieu ! C'est vrai. Tu es le meilleur, Duarte.

Touché au cœur par une émotion indéfinissable, il fronça les sourcils.

— Je n'y suis pour rien, c'est toi qui as eu le courage d'essayer, puis de tout donner.

Orla lui renvoya un franc sourire plus aveuglant que le soleil qui se levait au-dessus des collines.

— N'est-ce pas ? Comment te remercier assez ?

— Tu n'as pas besoin de me remercier, répliqua Duarte, tout émoustillé par ce sourire et heureux d'éprouver enfin quelque chose de compréhensible. Mais si tu insistes, j'ai bien une idée…

La semaine suivante, le travail de supervision se poursuivit sans accroc. Une chance pour Orla, dont l'esprit était de plus en plus obnubilé par Duarte. Elle ne se lassait pas de lui, de leurs conversations. Ils discutaient travail et voyages, famille, éducation. Ils parlaient de tout, en fait, sauf de leur passé sentimental, comme si d'un accord tacite le sujet n'était pas à l'ordre du jour.

La veille, comme elle exprimait un intérêt pour le processus de fabrication du vin, il l'avait emmenée visiter le vignoble. Ce matin même, elle avait nagé dix longueurs entières, trois en brasse, trois en dos crawlé, quatre en crawl. Elle se laissait flotter maintenant dans la grande piscine, assez fière d'elle sur tous les plans, incapable d'effacer ce sourire béat de son visage.

La réalité la rattrapa brutalement sous la forme d'un courriel émanant d'un fleuriste.

Le client très exigeant pour lequel elle avait organisé la demande en mariage sur un iceberg s'apprêtait à célébrer ses fiançailles le lendemain, lors d'une fête énorme prévue sous chapiteau dans le jardin du manoir parental. Les consignes avaient été très détaillées et absolument irrévocables. Si bien que la nouvelle que les choux d'ornement prévus pour occuper la place d'honneur parmi les trente compositions florales n'étaient pas arrivés était assez contrariante.

Une demi-heure plus tard, alors qu'elle espérait une solution simple et rapide, la contrariété se mua en catastrophe. Elle avait contacté toutes ses connaissances en faisant les cent pas dans la cuisine, tiré toutes les ficelles possibles, proposé la lune en retour. Elle avait tenté de supplier, d'emprunter, de voler. En vain. En raccrochant après l'échec de son ultime option, elle avait des sueurs froides. La panique germait.

C'était sa faute. Duarte et les sensations qu'il lui offrait l'avaient tellement occupée qu'elle avait perdu de vue l'essentiel. Elle aurait dû appeler tous les fournisseurs impliqués dans la fête et se faire confirmer les accords au lieu de se reposer sur ses lauriers, sous prétexte que tout se passait bien ici au Portugal.

Que faire ? L'angoisse se répandait dans ses veines à grande vitesse. Comment réparer ce défaut ? Aucune idée ne lui venait. La tête vide, elle n'arrivait plus à réfléchir sereinement. Elle était une incapable. Sa place n'était pas là. Comment avait-elle pu penser qu'elle méritait de réussir ? Son cœur s'affolait, un étau lui enserrait la poitrine.

— Orla ? Tu te sens bien ?

La voix de Duarte lui parvint à travers les volutes d'un brouillard épais. Elle eut vaguement conscience qu'il s'avançait vers elle. Que faisait-il ici ? Il était censé travailler chez lui aujourd'hui…

Non, elle n'allait pas bien, pas bien du tout. La pièce tournait, elle avait trop chaud, elle était à deux doigts de s'évanouir.

Une fraction de seconde avant qu'elle s'effondre comme une poupée de chiffon, deux grandes mains lui saisirent les bras pour l'aider à tenir debout.

— Regarde-moi.

Comme si cela pouvait l'aider ! La vue de Duarte accentuerait seulement son vertige. Comme toujours. En revanche, s'asseoir, c'était une bonne idée, songea-t-elle, vaseuse, lorsqu'il la poussa vers une chaise.

— Respire !

— Je ne peux pas, coassa Orla.

— Alors respire avec moi.

Il saisit sa main moite, la posa sur son cœur et la couvrit de sa main chaude et sèche. Elle n'eut même pas à se forcer pour se concentrer sur les montées et descentes de son torse. Tous ses sens s'unirent là, dans la solidité infiniment rassurante du corps de Duarte. Cette ancre de fortune apaisa peu à peu le chaos qui l'habitait. D'instinct, elle suivit son exemple, jusqu'à ce que son pouls ralentisse. La panique s'était estompée.

— Merci, murmura-t-elle, mortifiée, en retirant sa main à regret.

— Que s'est-il passé ?

— Une attaque de panique…

— Pourquoi ?

— Il y a une pénurie de choux d'ornement dans tout le pays.

— Des choux d'ornement ? Qu'est-ce que c'est ?

— Une plante décorative, répondit Orla, relevant enfin la tête pour croiser le regard inquiet de Duarte. Pour une fête de fiançailles demain soir. La demande en mariage sur un iceberg, tu te souviens ? Seulement il n'y en a plus nulle part.

Duarte s'assit sur ses talons, l'air perplexe.

— Prends autre chose…

— Rien d'autre ne conviendra. La fiancée a été très ferme sur ce point. C'est un désastre.

À cette pensée, la panique afflua de plus belle.

— Pas forcément, affirma Duarte. Orla… Si tu as été capable de convaincre Isabelle Baudelaire de se séparer d'une bouteille valant deux cent cinquante mille dollars, tu es aujourd'hui capable de convaincre la future mariée d'accepter une autre plante à la place des choux d'ornement.

Orla puisa dans son regard force et stabilité jusqu'à ce que ses idées s'éclaircissent. Elle se surprit soudain à respirer.

Vu sous cet angle, en effet, tout était possible. Un de ses contacts avait suggéré des chardons. Un choix tout aussi audacieux, sinon davantage. Avec ses inflorescences épineuses, ses boules bleues ou rose pourpre, sa silhouette graphique, cette plante ne manquait pas de style et on en trouvait partout.

— Des chardons pourraient lui plaire, dit-elle.

— Et personne ne saura.

— Moi si, répliqua Orla en avalant sa salive. J'aurai toujours cet accroc sur la conscience.

— Tu n'y es pour rien.

— Peut-être, mais je suis responsable des opérations.

— C'est un petit incident, pour lequel tu vas trouver une solution. Tout ira bien.

— Ce n'est pas ce que voulait le client. Ce ne sera pas parfait…

— Ce sera presque parfait. Et ce sera plus que suffisant.

Non, cela ne suffirait pas. Cela n'avait jamais suffi. L'approximation n'était pas dans ses gènes. Les deuxièmes places encore moins. Duarte ne comprenait pas, mais c'était normal, personne ne comprenait, jamais.

— Tu fais un travail exceptionnel, Orla, reprit-il, imperturbable face à sa résistance. Je t'ai vue à l'œuvre ici, j'ai observé la manière dont tu as géré l'équipe et les obstacles qui se présentaient. Concentre-toi sur tes réussites et fais-toi confiance.

C'était facile à dire pour lui. Sa vie entière n'explosait pas à la moindre erreur. Il ne composait pas avec une petite voix intérieure très critique qui le poussait à se surpasser en permanence, qui le tourmentait dans les moments difficiles en insinuant qu'il ne valait rien et qu'il méritait d'être négligé… Lui, on ne pouvait pas l'ignorer. Il lui suffisait d'entrer quelque part et toutes les têtes se tournaient dans sa direction. Il dégageait une assurance inébranlable. Cet homme savait qui il était et ce qu'il faisait. Il n'avait rien à prouver.

Tandis qu'elle…

Qu'avait-elle à prouver, en réalité ?

Orla hésita. C'était étrange, car elle avait toujours su précisément ce qui la motivait. Là tout à coup, elle n'était plus sûre de rien. À sa profonde stupeur, tandis que le discours de Duarte tournait en boucle dans son esprit, elle se demanda pour la première fois de sa vie si elle n'aurait pas intérêt à se ménager un peu. Comme il l'avait souligné un jour, elle se mettait une pression immense en se fixant des objectifs légèrement hors de sa portée, poussée par le besoin de réduire au silence le petit juge démoniaque dans sa tête.

Exemple type, l'annonce faite à Duarte qu'elle avait décroché le Château-Lafite 1869. La mission était quasi impossible. Tendue, obsédée par le but à atteindre, elle n'en avait pas dormi de la nuit et elle n'avait éprouvé aucun sentiment de victoire après avoir réussi l'inconcevable, tout juste du soulagement au vu des retombées sur son travail.

Elle fonctionnait ainsi depuis près de vingt ans. Le thérapeute avait peut-être raison, tout compte fait. Ce perfectionnisme lui coûtait cher. Ce n'était pas une simple bizarrerie de sa personnalité, il lui faisait vivre l'enfer par moments. Or si la perfection absolue n'existait pas, alors sa quête n'était pas seulement irréaliste, elle était aussi incroyablement malsaine.

Combien de temps encore pourrait-elle continuer ainsi ? La question lui souleva le cœur. Elle n'avait pas de temps pour des amis ou des loisirs. Ses listes de choses à faire ne cessaient de s'allonger. Elle allait droit au burn-out. Son médecin serait sûrement ravi si elle levait le pied, au vu de son taux de cortisol démesuré.

Et ne serait-ce pas agréable de vivre au présent pour changer, au lieu de songer au prochain défi à relever ? Le bonheur, le bien-être, elle y pensait peu, mais pouvait-elle honnêtement se déclarer heureuse ? Non. Impossible. Ses frère et sœur l'étaient, eux. Leur façon de fonctionner était beaucoup plus efficace. Les revers, ils les acceptaient sans sourciller, sans s'adresser mille reproches, sans se remettre systématiquement en doute. Sa sœur était mariée, son frère vivait avec sa compagne. Elle, avait projeté d'épouser un homme qui lui donnait peu de plaisir pour la seule raison qu'elle refusait d'admettre la défaite. Elle ne les avait jamais enviés – jusqu'à aujourd'hui.

Pouvait-elle détricoter deux décennies de perfectionnisme et s'autoriser à considérer que le suffisant… suffisait ? Chaque cellule de son corps résistait à cette idée, mais il fallait que quelque chose change, elle ne pouvait pas continuer ainsi. Alors peut-être pouvait-elle tenter sa chance, au-delà de la terreur que lui inspirait ce saut dans l'inconnu.

— Tu as raison, dit-elle. Les chardons devront suffire.

Orla avait enfin repris des couleurs, et sa voix, de la force. Tout étourdi, Duarte se releva et recula d'un pas avant de quitter la pièce pour aller respirer une bouffée d'air frais.

En émergeant dans le soleil lumineux de l'après-midi, il inspira profondément et s'aperçut qu'il tremblait encore au souvenir d'Orla titubant, les yeux dans le vague. Dieu merci, il était arrivé à temps pour l'empêcher de tomber. Pourquoi avait-il changé d'avis et choisi de travailler ici à distance, au lieu de rester chez lui ? Mystère. Ce n'était pas comme s'il ne pouvait plus se passer d'elle. Il n'était pas désespéré à ce point. L'attirance qu'elle exerçait sur lui était sous contrôle. Il n'éprouvait pas le *besoin* de savoir où elle était, ce qu'elle faisait. Il avait décidé d'aller dans la cuisine parce qu'il avait soif et qu'il rêvait d'une bière fraîche, et pas du tout parce qu'il l'avait aperçue à travers la fenêtre foulant les pavés de long en large avec une telle expression de détresse que son cœur avait presque cessé de battre.

Mais tout cela n'avait aucune importance. Il était arrivé au bon endroit au bon moment, c'était l'essentiel, car Orla aurait pu se blesser gravement en se fracassant la tête sur la pierre. Elle aurait pu rester là des heures à agoniser…

Elle n'était pas aussi indestructible qu'elle aimait à le laisser croire. Elle avait des angoisses, des vulnérabilités. Donc, il gardait un œil sur elle. Pas question de négliger le bien-être d'une autre femme après la faute qu'il avait commise avec son épouse. Il avait retenu la leçon. Désormais, il ne lâcherait plus Orla d'une semelle.

# 9.

Installée de bon matin sur la terrasse de la Casa, une tasse de café fumant entre les mains, Orla se disait que Duarte n'était pas loin d'être l'homme idéal. Il inspirait confiance, il déchiffrait son corps comme s'il l'avait étudié pour un examen et lisait dans son esprit à livre ouvert. En outre, c'était un compagnon délicieux.

La patience avec laquelle il avait géré sa crise de nerfs au sujet des choux d'ornement la faisait encore fondre. Loin de mépriser ce sujet trivial, loin de minimiser ce qui était pour elle une réelle angoisse, il s'était montré attentif, plein d'empathie, et l'avait ramenée à la raison en douceur. Chaque fois que ce souvenir lui revenait, elle se surprenait à sourire bêtement.

Il avait vu juste, parfois une solution d'appoint suffisait. Sa future mariée sourcilleuse s'était extasiée sur les chardons, les jugeant infiniment supérieurs au chou d'ornement « tellement surfait ». Un problème de fuite d'eau mineur ici avait été résolu de façon imparfaite et temporaire, mais rapidement, et… Ma foi, ce n'était pas si mal. Elle avait cru, des années durant, que son estime de soi dépendait de sa réussite dans tout ce qu'elle entreprenait, mais la vérité était peut-être bien ailleurs. Dans d'autres points de vue. Ou même chez une autre personne…

Néanmoins, Duarte se trompait sur un point. Le feu follet de leur alchimie, loin de s'estomper, flambait davantage chaque jour. Les couleurs étaient plus vives. Les odeurs plus intenses. Elle devinait sa présence avant qu'il n'entre dans son champ de vision. Tout à coup, elle avait la chair de poule, et quelques secondes plus tard, il apparaissait.

Tous ses sens étaient plus affûtés. Elle se sentait la reine du monde. Sa nage s'améliorait de jour en jour. Côté travail, tout allait bien, la Quinta serait bientôt prête à accueillir la conférence, et elle venait d'enrôler un nouveau client richissime qui semblait verser dans l'extravagance, une chance pour le chiffre d'affaires de sa compagnie.

Tout était parfait.

De drôles de picotements coururent sur sa peau. Elle ne put retenir un sourire en sentant, quelques secondes plus tard, Duarte dégager sur un côté sa masse de cheveux pour déposer un baiser brûlant sur sa nuque.

— Je dois partir à Porto ce soir, murmura-t-il. J'ai une réunion prévue demain à l'aube.

Parfait ? Pas tout à fait, rectifia Orla en son for intérieur.

Son moral plongea d'un coup. Duarte s'était montré très à l'écoute ces derniers temps, depuis l'incident du chou d'ornement en fait. Elle s'était habituée à sa compagnie constante, et l'idée de dîner seule lui déplaisait. Mais tout irait bien. Ce n'était pas comme s'il devait lui manquer atrocement ! Ils ne se connaissaient que depuis deux petites semaines. Elle n'était pas accro au sexe, tout de même. Bien sûr que non. Elle avait passé d'innombrables soirées toute seule. Elle s'occuperait en travaillant, comme d'habitude.

— D'accord, dit-elle en haussant les épaules, feignant la nonchalance. Pas de souci.

Il contourna sa chaise et s'assit face à elle.

— Viens avec moi.

À ces mots, son cœur bondit.

Elle pouvait décliner, se dit-elle en contenant un sourire béat. Histoire de se prouver qu'elle était libre. Mais, Seigneur ! Elle avait envie de cette nuit avec lui à Porto. Envie de voir où il vivait, ce qu'il faisait hors de cette bulle enchantée dans laquelle ils évoluaient. La Terre ne s'arrêterait pas de tourner si un problème se présentait en son absence. Elle garderait son téléphone sur elle.

La petite voix prête à lui rappeler qu'elle s'aventurait sur un territoire dangereux n'avait qu'à bien se tenir. Ce risque-là ne faisait pas partie de ceux qu'elle envisageait durant sa promenade au bord de la rivière. Elle avait toujours prévu de partir une fois la conférence terminée. Elle ne se ferait pas d'idées folles sur leur relation… Pour autant, pas question d'en gaspiller une seule minute !

— Avec plaisir, répondit-elle.

Le voyage jusqu'à Porto se fit en hélicoptère. Une première pour Orla. Quarante-cinq minutes aussi terrifiantes qu'excitantes… C'était très déstabilisant de foncer dans les airs dans cet appareil qui tenait de la boîte de conserve, mais quelles sensations fortes ! Au début de leur collaboration professionnelle, Duarte avait souvent demandé qu'un hélicoptère soit réservé à son nom. Jamais Orla n'aurait imaginé en occuper un jour le siège passager.

De l'aéroport, ils gagnèrent directement son appartement sur la côte. Rien à voir avec ses propriétés sur le domaine viticole. Il s'étendait sur la totalité du dernier étage d'un immeuble moderne, très design, qui en comptait quinze. Des flots de lumière se déversaient par d'immenses baies vitrées et rebondissaient sur les nombreuses surfaces réfléchissantes, du bois noble à la texture brillante du marbre crème. Tous les angles de l'appartement offraient une vue époustouflante sur l'Atlantique. Quant au décor, tout semblait un peu trop bien rangé, les six coussins sur le canapé, les livres classés par couleurs dans la bibliothèque, mais l'ensemble ressemblait à Duarte. Chaleureux, dépouillé, résolument masculin.

— Bel endroit, fit-elle en sortant sur la vaste terrasse agrémentée de nombreuses plantes pour le rejoindre devant la balustrade.

— Merci.

Il lui tendit un verre de *vinho verde*. Le contact de ces doigts effleurant les siens éveilla des frissons dans son dos. Elle aurait pourtant dû y être habituée maintenant…

— As-tu habité ici longtemps ?

— Deux ans et demi.

Il s'était sûrement installé ici juste après le double drame, calcula Orla en s'octroyant une gorgée de vin blanc aussi frais que délicieux. La question lui brûlait les lèvres. Elle se surprenait à s'interroger de plus en plus sur son épouse. À quoi ressemblait-elle ? La presse la décrivait comme une fêtarde invétérée, mais il lui tardait d'en savoir davantage. Et l'overdose ? Accident ou… ?

Seulement leur relation, en dépit de son intensité, était trop transitoire pour autoriser une telle incursion dans l'intimité. Et puis cela risquait de gâcher l'ambiance alors que la soirée s'annonçait exquise. Aussi Orla refoula-t-elle sa curiosité. Ses yeux se détournèrent du ciel rose et or pour se poser sur la table installée sous la pergola illuminée d'une guirlande électrique.

— Qu'est-ce que c'est ? demanda-t-elle.

— Notre dîner.

Bien sûr, mais…

Comme elle s'approchait des plats disposés sur la table, son cœur se mit à battre à coups redoublés. C'était bien plus qu'un dîner. Deux jours plus tôt, ils avaient discuté de leurs goûts culinaires respectifs. Et là, un plateau de langoustines. Un bol d'olives noires rebondies. Un autre de guacamole d'un vert vibrant, accompagné d'un petit panier de chips gaufrées et, sur une planche en bois, présenté en tranches extra-fines, un steak cuit à point…

L'eau lui vint à la bouche. Elle comprenait tout à fait que Duarte ait conquis autant de femmes du temps où il profitait de la vie à fond. Être l'objet de son attention, c'était comme rester trop longtemps au soleil à midi – étourdissant. Un vertige.

— Seigneur ! Tu sais y faire, toi, dis donc, murmura-t-elle tout en se demandant s'il serait déplacé de reporter le dîner et de l'entraîner vers une des trois chambres pour lui témoigner proprement son admiration.

Il leva les yeux de la chandelle qu'il était en train d'allumer, sourire aux lèvres.

— À quoi penses-tu au juste ? demanda-t-il.

— À la séduction.

Il se figea. Une lueur traversa son regard, si fugitive qu'Orla n'eut pas le temps d'en capter le sens.

— Ma foi, la perfection est une question d'entraînement, comme tu le sais.

Son sourire s'était un peu durci et, de façon inexplicable, Orla éprouva une sensation de malaise. Dans son estomac, le vin tournait au vinaigre. L'avait-elle offensé ? Impossible, son passé n'était un secret pour personne. Pendant des années, ses exploits avaient défrayé la chronique people. Il n'avait aucune raison de mal le prendre.

— Assieds-toi, dit-il, arborant une expression indéchiffrable. Qu'aimerais-tu faire demain pendant que je suis en réunion ?

— Je ne sais pas trop…

— Réfléchis et dis-moi.

Tandis qu'Orla dormait paisiblement dans son lit, Duarte, assis sur la terrasse dans la nuit tiède, avait les yeux dans le vague et l'esprit tout sauf tranquille.

Une gêne inattendue s'était installée entre eux pendant le dîner. La conversation s'enrayait, inexplicablement. Cela, du seul fait de la remarque d'Orla sur ses techniques de séduction.

Il se massa machinalement la poitrine. Cette remarque l'avait piqué au vif sans qu'il sache pourquoi. Appliquée à ses exploits avant le mariage elle était tout à fait fondée, il s'était régalé à chasser ses proies et affûter son savoir-faire en la matière. Néanmoins il n'y avait eu aucun calcul dans sa décision de faire livrer ici ce soir les plats préférés d'Orla. Aucune intention cachée. Ils devaient dîner, c'était juste l'option la plus facile. En outre leur aventure touchait à l'apothéose, les efforts de séduction étaient inutiles.

La convier à Porto n'était peut-être pas une bonne idée, tout compte fait. Le but était de la garder auprès de lui pour veiller sur elle. Ces deux dernières semaines avaient été placées sous le signe du plaisir du corps et de l'esprit. Ainsi qu'il le lui avait confié au bord de la rivière, elle lui plaisait. De plus en plus. Elle était vive, intelligente, elle se connaissait bien et apprenait vite. Elle avait un sourire qu'il rêvait de mettre en bouteille pour le garder à portée de main les jours sombres, et son odeur sur les oreillers l'apaisait tant que son séjour à la Casa ne le tracassait plus. Par la grâce de cette méprise qui avait tout déclenché, la maison était méconnaissable, et les souvenirs tout neufs qu'il se fabriquait là se révélaient très efficaces pour effacer les précédents.

Manquer ne serait-ce qu'une seconde de ce bonheur, alors qu'elle serait bientôt partie pour de bon, lui répugnait, aussi l'avait-il invitée sans y réfléchir à deux fois. Il aurait dû, pourtant. Une telle témérité de sa part témoignait d'un contrôle fragile.

Où avait-il la tête depuis quinze jours ? Il n'avait pas besoin de savoir ce qui la faisait tiquer. Les opinions et les pensées intimes d'Orla n'avaient pas d'importance. Elle, de son côté, n'avait pas besoin de connaître sa ville de naissance ni l'endroit où il vivait. Et qui sait pourquoi il l'avait emmenée faire un tour dans le vignoble l'avant-veille ! Elle avait été impressionnée par les innovations qu'il avait apportées à l'entreprise, mais ce n'était pas le but…

L'émotion qui l'avait assailli en la voyant traverser la piscine seule ressemblait de manière suspecte à de la fierté. La façon dont elle avait géré la crise des choux d'ornement l'avait rempli d'admiration. Ces émotions-là ne s'imposaient pas. Elles suggéraient une proximité sentimentale qui n'avait pas sa place ici, contrairement à l'intimité physique. Il n'avait aucune raison de s'intéresser à ce qu'elle manquait, avec sa manière de vivre, encore moins de le lui démontrer. Au lieu de commander ses plats préférés hier, il aurait dû l'emmener au restaurant. Une aventure sans attaches, voilà ce qu'ils vivaient ensemble. Rien de plus.

Tant qu'il garderait cette évidence à l'esprit, il n'aurait pas à s'inquiéter. En se disant cela, Duarte réduisit fermement au silence la petite voix dans sa tête qui insinuait que leur histoire aurait pu devenir bien plus qu'une aventure. Ce dîner était une erreur, une imprudence, comme certaines des choses qu'il avait dites et faites ces deux dernières semaines, mais à quoi bon analyser de trop près les événements, au risque de leur prêter un sens qu'ils ne méritaient pas ? Ce qui était fait était fait. Les regrets étaient vains. Les leçons de natation et les conversations pouvaient facilement cesser. Simple question de maîtrise de soi.

Demain, il serait en réunion une grande partie de la matinée. Puis il ramènerait Orla à la Quinta. Une fois là-bas, il s'attacherait, au cours des journées qui leur restaient, à lui prouver et à *se* prouver que cette aventure n'irait pas plus loin. Il garderait ses distances le jour et se rattraperait la nuit, jusqu'au départ d'Orla. Et tout irait bien.

Le lendemain matin, Orla eut droit à une visite guidée privée du domaine viticole de Duarte, au cours de laquelle elle se découvrit un goût pour le porto blanc sec et une fascination pour l'histoire de sa famille.

Le fondateur originel, ancêtre de Duarte, venait d'un milieu modeste mais, enhardi par son succès dans la culture de la vigne, il avait trouvé une épouse dans l'aristocratie locale. Depuis lors, la richesse et le réseau de la famille n'avaient cessé de croître. Les enfants fréquentaient les meilleures écoles et universités du monde avant, souvent, de revenir travailler dans l'entreprise familiale.

À en juger par les portraits en pied accrochés aux murs dans une galerie construite spécialement à cet effet, la beauté se transmettait de père en fils dans la famille. L'opulence aussi. Duarte avait hérité du plus haut degré de l'un comme de l'autre, songea Orla, rêveuse. En comparaison, elle se sentit si insignifiante qu'elle visita ensuite une librairie absolument magnifique pour compenser. Puis une *pasteleria* célèbre pour ses flans. Cela fait, elle se sentit beaucoup mieux.

Au début, elle s'était sentie soulagée de se retrouver seule. Le moment de gêne avant le dîner la veille avait été suivi d'échanges terriblement guindés, puis de corps à corps ébouriffants, mais curieusement sans âme. Ce matin-là, juste avant le départ de Duarte pour sa réunion, elle avait tenté de s'excuser, sans trop savoir de quoi, mais il avait paru tomber des nues. Puis il l'avait embrassée avec passion avant de lui annoncer qu'elle pouvait disposer de la voiture à sa guise. Ces contrastes l'avaient perturbée. Elle avait eu la sensation de se trouver soudain sur un sol mouvant, tant et si bien qu'elle avait accueilli ce moment de solitude comme une bouffée d'oxygène.

Mais en arrivant à l'aéroport, contre toute attente, un regret lui vint de ne pas avoir pu partager ces expériences avec Duarte. Dans l'exploitation vinicole, elle ne cessait de se retourner en vain pour l'interroger sur tel ou tel ancêtre. Dans la *livraria* Lello, elle était tombée sur un livre présentant l'histoire de la fabrication du vin au XVII$^{e}$ siècle dans le Sud-Ouest de l'Espagne. Elle aurait aimé savoir si cet ouvrage lui plairait, ou s'il le possédait déjà. Duarte lui avait manqué. C'était absurde puisque la séparation ne devait durer que quelques heures, mais…

Elle se sentait aussi gorgée d'une lumière toute chaude qu'elle semblait impuissante à contenir. Pendant près de dix ans elle avait organisé la vie des autres et, si elle adorait son métier, une pointe d'envie germait lorsque se présentaient des projets comme la demande en mariage sur un iceberg. C'était la première fois que quelqu'un préparait un programme uniquement pour elle. Depuis le décollage de l'hélicoptère la veille, un tapis rouge était déroulé devant elle. À l'exception de quelques moments inconfortables, elle avait été nourrie, promenée, chouchoutée à la perfection. Tout cela, grâce à Duarte. Il y avait de quoi se sentir tout étourdie.

— Comment s'est passée ta réunion ? demanda-t-elle lorsqu'il la rejoignit dans le salon privé de l'aéroport, si beau dans son costume gris charbon à la coupe irréprochable.

— Elle a été productive. J'ai signé un nouveau contrat pour approvisionner la chaîne de grands magasins la plus importante des États-Unis, expliqua-t-il en retirant sa veste.

Il roula ses manches jusqu'au coude avec une aisance qui la laissa rêveuse.

— Il faut fêter ça, dit-elle.

Le regard d'ébène accrocha le sien, scintillant d'une fièvre qui lui fit oublier tout le reste. Le décor s'estompa autour d'elle, le bruit, les lumières, les gens, absolument tout.

— Gardons cette idée au chaud, suggéra-t-il.

Orla ne pensa plus qu'à ça pendant le trajet vers la Quinta. Le paysage, elle l'avait déjà admiré à l'aller. Cette fois elle s'émerveilla des mains de Duarte, de ses bras, de son profil mis en valeur par la paire de lunettes de soleil la plus sexy qu'elle ait jamais vue sur un homme.

Lorsqu'il n'était pas concentré sur le pilotage de l'appareil, il gardait la main sur sa cuisse, peau contre peau, juste assez haut pour lui donner envie qu'elle monte plus haut encore se poser là où elle en avait besoin. Son ventre frémissait, ses oreilles bourdonnaient… Elle brûlait de désir et son cœur semblait trop grand pour sa poitrine. S'il ne s'invitait pas en elle très vite, elle allait exploser.

À la seconde où Duarte coupa le moteur après avoir touché terre, Orla détacha sa ceinture de sécurité d'une main tremblante tandis qu'il retirait son casque et décrochait sa propre ceinture. Avant qu'il ait le temps de bondir au-dehors, elle s'élança et s'assit sur lui à califourchon. Puis elle étouffa son cri de surprise d'un baiser langoureux nourri de toutes les émotions sauvages, indéfinissables, qui tournoyaient en elle, jusqu'à ce qu'il pose les mains sur sa tête pour la détacher de lui, les yeux brillants.

— Arrête…

— Non, haleta-t-elle.

— On ne peut pas.

— Si, on peut !

— Tu vas fausser le levier.

— Et alors ?

— Alors, grogna Duarte, c'est mon hélico et j'ai besoin qu'il soit en état de service. File à l'arrière.

Orla ne se le fit pas dire deux fois. Oubliant toute dignité, elle crapahuta derrière les sièges vers le petit espace prévu pour les bagages et atterrit sur le tapis en caoutchouc qui recouvrait le sol. Une seconde plus tard Duarte était sur elle, délicieusement lourd, et l'embrassait avec la même sauvagerie désespérée.

Au diable la finesse ! Elle ne comprit rien à ce qu'il marmonnait en portugais à son oreille, mais elle perçut l'urgence dans sa voix et devina qu'il n'avait pas non plus le temps de soigner les préludes. Tandis qu'elle soulevait sa chemise, il retroussa sa jupe, fit voler sa culotte et lui attrapa les genoux pour la faire glisser vers lui. Les mains calées sur ses hanches, il plongea la tête entre ses cuisses, et sa bouche fut aussitôt sur elle, chaude, tellement experte.

Sous l'afflux de sensations qui la traversèrent comme autant d'éclairs, une longue plainte sortit de sa gorge. Elle referma les doigts sur les cheveux de son amant, creusa les reins et poussa un cri tandis que des spasmes de plaisir lui secouaient le corps.

Elle eut à peine conscience qu'il attrapait quelque chose dans sa valise, tant elle se sentait molle et alanguie. Victime d'une attaque en piqué. Jamais elle n'avait joui si vite et si fort, au point de frôler l'évanouissement. Pourtant, de façon assez incroyable, lorsqu'il lui souleva les hanches pour se glisser en elle d'un puissant coup de reins, une onde voluptueuse la submergea, et son corps se remit à trembler de plus belle.

Le cœur tout gonflé de joie, elle enroula les bras autour

de son cou et les jambes autour de sa taille, et tandis qu'il l'entraînait avec lui vers un firmament éblouissant elle se demanda fugitivement comment diable elle allait pouvoir le laisser partir une fois la conférence terminée.

Voilà qui était mieux, songea Duarte en ajustant sa chemise tandis que son pouls s'apaisait peu à peu. Du sexe ardent, éperdu, d'une intensité inattendue, mais à la fin des fins, juste du sexe.

Il aida une Orla empourprée, les yeux hagards, à descendre de l'hélicoptère, attrapa son sac de voyage puis, dans l'idée de mettre à exécution son plan de l'éviter durant le jour, s'éloigna sans un regard en arrière.

— Attends.

Il se retourna malgré lui.

— Quoi ? s'exclama-t-il, irrité de se trouver incapable de résister à sa voix.

— J'ai acheté ceci pour toi.

Elle lui tendait un sachet. Duarte fixa l'objet comme si c'était une bombe.

— Des petits flans, dit Orla avec un sourire engageant. Tes préférés, tu me l'as dit.

Oui, eh bien, il s'était un peu trop épanché, ces derniers temps. Mais cela prenait fin aujourd'hui.

— *Obrigado.*

— De rien. Et merci de m'avoir emmenée à Porto et d'avoir tout organisé, dit-elle, les yeux brillants. Personne n'avait jamais fait ce genre de chose pour moi.

Le ventre de Duarte se noua tandis que sa sensation de malaise s'accentuait encore. Que se passait-il, à la fin ? Pourquoi le regardait-elle d'un air si *tendre* ? Elle aurait tout intérêt à ne pas se faire des idées !

— Allons ! dit-il. Ce n'était ni une demande en mariage sur un iceberg ni un dîner devant *La Joconde*.

— Et alors ? Je n'ai pas besoin de démonstrations grandioses qui misent tout sur le style au détriment de la substance. Je me suis réellement régalée.

— Tant mieux, dit Duarte. Je retourne à la Casa. À ce soir !

# 10.

Trois jours plus tard, après des semaines de ciel d'azur et de soleil éclatant, le temps vira au gris. Un front arrivant de l'ouest, l'atmosphère devint lourde, et une épaisse couche de nuages s'installa au-dessus du domaine.

Toute la matinée, Orla s'était sentie à cran, saisie d'un drôle de pressentiment qui n'avait rien à voir avec sa mission en cours.

Tout était prêt, ou en passe de l'être, pour la conférence qui commencerait quatre jours plus tard. Les chambres avaient été attribuées, les détails des arrivées, réglés. Le vin était sorti des caves, la nourriture et le personnel de cuisine étaient en train d'arriver, dont Mariana Valdez, qui Dieu merci se révélait charmante, à rebours du cliché de la chef illustre caractérielle.

Sur le plan personnel, en revanche, ce n'était pas la même chanson. Depuis leur retour de Porto, Duarte restait distant, morose, presque mutique. Il se faisait rare durant la journée, prétextant du travail. Sa présence lui manquait, comme à Porto. Il continuait à la faire vibrer chaque nuit, ce dont elle ne songeait pas une seconde à se plaindre bien entendu, mais s'il était très présent physiquement dans ces moments-là, le cœur semblait loin, à des kilomètres…

La raison de cela tout au moins n'était pas difficile à comprendre. C'était aujourd'hui la date anniversaire de la mort de sa femme et, si cette pensée lui pesait, elle n'osait imaginer ce que devait endurer Duarte.

Elle s'était réveillée tôt ce matin, la date clignotant tel un gyrophare dans sa tête. Étendue près de Duarte, écoutant son souffle régulier, elle s'était posé mille questions angoissantes. Comment allait-il gérer cet anniversaire ? Voudrait-il rester seul ? Accepterait-il son soutien ? Devait-elle se préparer à un rejet, à du silence ? Devait-elle seulement en parler ?

Ils n'étaient pas exactement amis, et une brève aventure, même intense, n'encourageait pas ce degré d'intimité. D'un autre côté, il allait souffrir. Le moyen de faire autrement ? Duarte avait un corps divin sans doute, mais il restait humain. Le conte de fées magique avait tourné à la tragédie. L'amour de sa vie avait disparu à jamais… C'était si triste ! Si cela n'avait tenu qu'à elle, elle ne l'aurait pas quitté d'une semelle, mais aurait-il été d'accord ?

Pour finir, elle avait décidé d'improviser. Quoi que réclame Duarte, de l'espace, du silence ou du sexe, elle le lui offrirait. Elle resterait à l'écoute, prête à l'aider. Elle en était capable, en dépit de ce que lui avait dit son ex un jour alors que leurs fiançailles battaient de l'aile. Ici, il ne s'agissait pas d'un travail perdu pour cause de restructuration et de nouveau poste impossible à trouver sans un minimum d'efforts. Ici, c'était un homme qui avait perdu son fils, puis son épouse bien-aimée, en l'espace de six semaines. S'il était possible qu'elle se soit montrée un peu dure envers Matt, la situation de Duarte ne pouvait être plus différente.

Cependant ce soir, avec la pluie tombant à verse au-dehors et la fenêtre d'opportunité qui se refermait à mesure, Orla n'y tint plus. Aucun des scénarios qui s'étaient joués dans sa tête n'avait anticipé le statu quo. Toute la journée, Duarte s'était comporté comme si rien n'avait changé. Au réveil, alors qu'elle se cuirassait en prévision de la suite, il s'était simplement étiré avant de rouler sur elle. Puis, après avoir attrapé un café et un croissant, il avait allumé son ordinateur et s'était mis au travail, exactement comme la veille, l'avant-veille et le jour d'avant.

Le déni était peut-être son mécanisme de défense à lui. Il

ne semblait pas avoir besoin d'écoute ni de réconfort. L'ennui, c'était qu'Orla, parce qu'elle souffrait pour lui, avait *envie* de parler et de lui apporter son aide. Cette envie avait enflé en elle tout le jour, s'intensifiant jusqu'à l'insupportable, et si elle ne l'interrogeait pas maintenant, alors qu'ils étaient à son hôtel et disposaient de toute l'intimité voulue, alors, quand ?

— Comment te sens-tu, dis-moi ? demanda-t-elle d'un ton dégagé en remontant le drap sur son corps nu et repu.

Elle se tourna sur le côté et se hissa sur un coude.

Duarte émergeait de la salle de douche, une serviette blanche nouée autour des hanches, dans un nuage de vapeur. Il se dirigea vers la fenêtre pour fermer les volets, lui offrant une vue délicieuse de son dos nu.

— C'est la cinquième fois que tu me poses la question ce soir, dit-il d'un ton crispé. Et je me sens toujours bien.

— Tu n'es pas bien depuis le retour de Porto, répliqua Orla. Tu as la tête ailleurs, tu es distant…

— J'ai toujours été là.

— Sur le plan des émotions, je veux dire.

— Qu'est-ce que les émotions viennent faire là-dedans ?

Pour lui, rien, manifestement. Elle, en revanche, se débattait avec une foule de questions sans réponses. Impossible de lâcher l'affaire.

— Tu sais, si tu veux me parler, quel que soit le sujet, je t'écouterai, dit-elle. Comme tu m'as écoutée lorsque je délirais sur les plantes.

Il se tourna vers elle, l'air sincèrement étonné.

— De quoi diable voudrais-je te parler ?

Orla en resta coite, la gorge serrée comme par un étau d'acier. D'accord, donc cela faisait mal. Son cœur se lacérait à cette idée, mais elle devait persévérer. Se réfugier ainsi dans le déni ne pouvait pas faire du bien.

— Je comprends que ce soit difficile…

— Quoi donc ?

— Eh bien… Aujourd'hui.

— Pourquoi ? Qu'y a-t-il de spécial aujourd'hui ?

Il n'avait tout même pas besoin qu'on le lui rappelle !

— Cela fait pile trois ans que ta femme est décédée.

À ces mots, il se raidit et fronça les sourcils. Il parut soudain plus pâle aussi sous son hâle. Le silence s'étira. Orla porta la main à sa gorge. L'air s'était épaissi. Le seul bruit dans la pièce venait des gouttes de pluie mitraillant les volets.

Avait-il… *oublié* ?

Non. Impossible. Ce n'était pas son genre d'oublier la date de la mort de son épouse chérie. Ce devait être autre chose. Un déni féroce.

Mais la graine du doute avait germé dans sa tête et grandissait de seconde en seconde. Aussi s'entendit-elle demander :

— Aurais-tu oublié ?

— Apparemment oui, marmonna-t-il.

Orla se mordit la lèvre au sang.

— Pourquoi ? Comment…

— En quoi est-ce que cela te regarde ? répliqua-t-il sèchement.

Le ton brutal la heurta comme un uppercut au foie.

Non, cela ne la regardait pas, quand bien même elle aurait aimé qu'il en fût autrement. Ils n'étaient pas en couple. Ils vivaient une brève aventure sur le point de s'achever. Elle n'avait aucun droit de s'immiscer dans sa vie passée. Aucun droit de se sentir anéantie en constatant qu'il se refusait à partager avec elle quoi que ce soit d'essentiel, alors qu'elle s'était si souvent confiée à lui. Elle n'avait aucun droit à rien, mais Duarte était en train de basculer du piédestal sur lequel elle l'avait hissé, et brusquement cela devenait important. Il fallait qu'elle sache.

— Comment as-tu pu ?

— Tout le monde ne peut pas être parfait.

— Mais elle était ton grand amour ! Ton âme sœur ! Je ne comprends pas, s'écria Orla, trop bouleversée à l'idée qu'il n'était peut-être pas l'homme qu'elle croyait pour mesurer ses propos.

— Laisse tomber, Orla.

— Mais…
— J'ai dit : laisse tomber.

Encore sous le choc, Duarte rafla son T-shirt sur le lit et l'enfila prestement, comme s'il pouvait lui offrir une protection contre l'explosion de son univers.

Le rappel de la date par Orla avait atterri là comme une grenade dégoupillée. Comment diable avait-il pu oublier ? Il n'arrivait pas à le croire. En revanche, cela expliquait bien des choses étranges qui l'avaient laissé perplexe aujourd'hui. Les regards curieux qu'elle lui jetait. Ses précautions de chatte, ses demandes répétées sur son moral. L'inquiétude sur son visage et son regard apitoyé, qu'il n'avait pas compris et qui avait seulement amplifié la sensation de malaise qui ne le lâchait plus depuis quarante-huit heures.

Au déjeuner, il s'était demandé si elle commençait à regretter leur liaison. Si elle souhaitait y mettre fin, pour une raison tenant ou non à sa propre stratégie de mise à distance, et cherchait comment le lui annoncer sans lui faire de peine.

L'idée qu'elle puisse nourrir des regrets à ce sujet lui avait laissé comme un goût amer en bouche et tout son corps s'était rétracté à l'idée d'une fin précoce de leur liaison. Ces inquiétudes étaient vaines, cependant. Orla s'était remémoré la date, rien de plus. Quoi de plus normal ? À l'époque, sa société avait envoyé des fleurs. Elle avait ajouté quelques mots personnels de condoléances écrits à la main. En outre, mémoriser les dates faisait partie de son travail, lui avait-elle expliqué un jour.

Il devait sortir d'ici, et vite. D'un geste vif, il retira sa serviette et enfila un caleçon et un jean. Il en avait déjà trop dit tout à l'heure en reconnaissant qu'il avait en effet oublié le sens de la date du jour, oubliant sous le coup de la surprise sa prudence coutumière. Orla avait semblé horrifiée, comme s'il venait d'avouer qu'il avait noyé des chats pour s'amuser. Elle le jugeait clairement en dessous de tout. Or il n'avait pas besoin du jugement de quiconque, encore moins de celui d'Orla. C'était précisément ce qu'il avait essayé d'éviter en laissant se perpétuer le mythe de son mariage.

Il avait donc tout intérêt à filer à la Casa boucler ses bagages pour s'envoler aussitôt vers Porto, avant de dire ou de faire une chose qu'il regretterait vraiment. Comme révéler la vérité à Orla. Ce serait de la folie. Il n'en avait jamais touché mot à personne. Une allusion devant Orla, et elle s'engouffrerait dans la brèche. Elle découvrirait l'homme qu'il était derrière la façade et le trouverait faible. Indigne. Abject.

Pourtant il était si las des secrets, des mensonges, des remords ! Même ses parents ignoraient ce qui s'était vraiment passé avec Calysta. Il charriait seul ce fardeau écrasant. Combien de temps encore parviendrait-il à tenir ? Depuis des semaines maintenant, ses forces s'effilochaient, le programme chargé qu'il s'était infligé pour étouffer ses émotions devenait trop éprouvant. Sa mère se faisait du souci. Il brusquait ses employés.

Cela ne pouvait plus durer.

Et s'il révélait toute l'histoire à Orla, que se passerait-il, en vérité ? Pouvait-il se fier à elle pour l'écouter sans le juger ? Il avait le sentiment de l'avoir laissée tomber. Cela le rendait malade. Il voulait clarifier les choses – et avoir la force de lâcher sa culpabilité.

Après avoir avoué sa grossesse, Calysta avait tenté en vain, à plusieurs reprises, de l'amener à s'exprimer. S'il l'avait fait, si seulement il l'avait écoutée, la suite aurait pu être différente. Il n'en était que trop conscient.

Se pourrait-il que le même cas se présente ici ? Serait-il purifié, une fois délesté de son fardeau ? Et si Orla n'était pas écœurée par sa vraie personne ? Si elle comprenait et se révélait en mesure de jeter un peu de lumière sur le bourbier qu'était devenue son âme ?

— Pardon, dit Orla.

Duarte tressaillit. Elle avait déjà glissé au bas du lit, enveloppée dans le drap, et tendait la main vers ses vêtements.

— Je n'aurais jamais dû aborder ce sujet. Ta façon de le gérer ne regarde que toi. Je dois sortir.

— Non.

Elle tourna vivement les yeux vers lui.

— Quoi ?

— Reste.

— Pourquoi ?

La petite voix protesta dans sa tête. Duarte la réduisit au silence. L'accord de confidentialité signé par Orla courait toujours. Il n'avait rien à perdre et tout à gagner, peut-être. Tout irait bien.

— Parce que je veux te raconter ce qui s'est vraiment passé, répondit-il.

À ces mots, un frisson d'appréhension secoua Orla tandis que Duarte allait suspendre sa serviette dans la salle de bains. Elle ne l'avait jamais vu aussi grave. Il semblait hanté. À l'opposé de l'ex-play-boy dont elle avait eu plus d'un aperçu ces deux dernières semaines.

Le cœur battant, elle remit son T-shirt et la culotte lancée tout à l'heure à l'autre bout de la pièce, avec le sentiment troublant que ce qu'il voulait lui raconter était capital. De quoi achever de bouleverser ce qu'elle croyait savoir à son sujet. Déjà son halo avait perdu de son éclat…

Était-elle prête à cela ? Dieu seul le savait !

Cependant elle s'était engagée à l'écouter. C'était ce qu'elle avait voulu – découvrir le vrai Duarte derrière l'image. La curiosité sur le couple qu'il formait avec sa femme et, pire, la jalousie inavouable qu'elle n'arrivait pas à surmonter étaient devenues insupportables. Qui sait, si Duarte ne maîtrisait pas toutes choses avec le stoïcisme qu'on lui prêtait, peut-être pourrait-elle tenter de l'aider comme il l'avait aidée à trouver l'élan nécessaire pour s'attaquer à ses propres problèmes ?

Son rôle était clair, rester calme face aux révélations,

même terribles. Un défi de taille, pour elle qui tremblait d'appréhension.

— Je t'écoute, dit-elle en se calant contre les oreillers.

Duarte alla s'asseoir dans le fauteuil qui lui faisait face, dans un coin à peine éclairé par les lumières tamisées de la chambre. Il se frotta les joues, puis fourra les doigts dans sa tignasse.

— Calysta n'était pas mon âme sœur, loin de là, déclara-t-il d'un air lugubre. Et je ne l'aimais pas. J'éprouvais même de l'aversion pour elle.

Orla déglutit, s'efforçant d'absorber le choc alors que chaque cellule de son corps résistait à ce qu'elle venait d'entendre.

— Et le conte de fées ? balbutia-t-elle, songeant aux photos parues dans les magazines ce fameux mois de mars.

Tous les deux côte à côte sur les remparts d'un château tout proche de Sintra… Elle souriante, si belle dans sa robe blanche, le charme ténébreux de Duarte en costume bleu marine. Après réflexion, il ne souriait pas, en effet.

— Quel conte de fées ? C'était plutôt un cauchemar, sur la fin. Nous nous fréquentions depuis un mois lorsqu'elle m'a annoncé qu'elle était enceinte. Je l'ai épousée par devoir. Je me sentais responsable d'elle et du bébé. Rien de plus.

— Mais… Et Calysta ? demanda Orla, qui aurait préféré se boucher les oreilles, de peur que la suite ternisse un peu plus l'image déjà abîmée de la perfection. S'est-elle mariée aussi par devoir ?

Duarte partit d'un rire dénué de joie qui la glaça.

— Oh ! Non. Elle prétendait m'aimer.

La gorge d'Orla se contracta.

— *Prétendait ?*

Une ombre passa sur le visage de Duarte.

— Je te l'ai dit, nous nous connaissions depuis un mois.

Et alors ? songea Orla. Elle le connaissait depuis moins que cela, et…

Ah.

Non ! Ses sentiments à elle n'avaient aucune importance en cette seconde.

— Qu'est-ce qui a provoqué ta haine ? s'enquit-elle.

— Elle était à douze semaines de grossesse au moment de la noce. Deux mois après, nous avons parlé de l'avenir. J'avais le projet de construire une vie stable et sûre pour notre fils. Elle, refusait de renoncer à sortir tous les soirs. Le ton est monté. Je lui ai dit de façon très claire qu'il fallait arrêter les fêtes. Elle a répliqué qu'elle était tombée enceinte exprès, mais qu'elle aurait préféré avoir choisi quelqu'un d'autre.

Par ces mots, un nouveau pan du beau conte de fées venait de se fracasser au sol. Orla ouvrit de grands yeux.

— Quel genre de femme ose faire cela ?

— Une femme très seule, qui se cherche désespérément une famille. Les parents de Calysta sont morts quand elle était petite. Elle manquait cruellement de confiance en elle.

— Elle était très belle.

— Oui, concéda-t-il, les sourcils froncés. C'est vrai. Je l'ai voulue, je l'ai séduite. Mais elle était futée, elle a résisté…

— C'était elle, l'erreur à laquelle tu faisais allusion en me parlant du danger de refouler son désir ?

Duarte acquiesça.

— Sa résistance n'a fait qu'accroître mon envie. Elle m'a rendu stupide et aveugle.

— Qu'as-tu fait lorsque tu as découvert ses intentions réelles ?

À ces mots, il se renversa contre son dossier et se massa les tempes.

— J'ai craqué, dit-il d'une voix bourrue. En comprenant que j'avais été piégé, je me suis senti si stupide ! Trahi, surtout. Nous avons eu une très violente dispute. Deux jours plus tard, je l'ai emmenée à l'hôpital parce qu'elle ne sentait plus le bébé bouger depuis un bon moment alors qu'Arturo était très actif jusque-là. À l'échographie, son cœur ne battait plus.

Orla sentit les larmes lui monter aux yeux.

—Tu ne penses tout de même pas que les deux événements sont liés, murmura-t-elle.

— Pourquoi pas ?

— Y a-t-il des preuves en ce sens ?

Duarte haussa les épaules.

— Rien ne prouve le contraire. Pour Calysta en tout cas, cela ne faisait aucun doute.

Quoi qu'il en soit, le chagrin et la culpabilité avaient sûrement été intolérables. Un déchirement. Orla n'osait imaginer la souffrance qu'il avait endurée.

— Que s'est-il passé ensuite ?

— Nous l'avons enterré et j'ai repris le travail, dans un brouillard complet. Nous ne nous parlions plus. Elle sortait chaque soir. Pour finir, je lui ai annoncé que je voulais divorcer. Une semaine plus tard, elle a fait une overdose.

— Délibérément ? demanda Orla en retenant son souffle.

— Je l'ignore, dit Duarte avec un soupir tremblant. L'enquête n'a pas abouti. Tout ce que je sais, c'est que j'aurais dû remarquer ce qui se passait. Si je ne m'étais pas laissé déborder par l'amertume et le ressentiment, j'aurais pu l'aider. Mais j'étais à bout de nerfs, je n'avais plus toute ma tête.

— Tu étais jeune…

— Vingt-sept ans tout de même, répliqua Duarte en secouant la tête.

— Elle n'allait vraiment pas bien, c'est évident.

Il la contempla un moment d'un air pensif.

— Tu as sans doute raison. Elle était très inconstante. Pleine de joie et d'énergie, puis un moment plus tard recroquevillée sous la couette, les volets fermés pour se cacher de la lumière. Et elle a dû accoucher d'Arturo, un enfer sûrement.

— Elle a pu tomber en dépression.

— Ou bien elle a décidé que, si je ne devais jamais l'aimer, sa vie n'avait plus de sens.

Le cœur d'Orla se serra. Si Duarte croyait vraiment cela, comment s'étonner qu'il soit encore autant affecté par ces événements ?

— A-t-elle consulté un médecin ? Un psychiatre ?

— Pas que je sache.

— Quel dommage !

— Je sais, crois-moi, dit Duarte d'un ton amer. Je vis chaque jour avec ce remords.

— Je ne te juge pas…

Il haussa les sourcils.

— Vraiment ?

— Oui ! Bien sûr que oui.

— Tu attends pourtant des autres une perfection impossible.

— Ma foi oui, mais…

— Mais entre nous ce n'est que du sexe, alors tu n'attends de moi rien de tel.

— Ce n'est pas ce que j'allais dire ! Je ne me suis jamais trouvée dans une telle situation, comment pourrais-je te juger ? Qui le pourrait, du reste ? En revanche, je sais que rien de ce qui est arrivé n'était ta faute.

— Tout indique le contraire, pourtant. Je le sens, profondément.

En entendant cela, Orla fut saisie d'un instinct de protection dont la violence l'étonna elle-même.

— Non, dit-elle d'un ton ferme. Tu te trompes. Ce n'était qu'un tragique enchaînement de circonstances, initié par une femme qui avait peut-être des problèmes, mais qui était aussi égoïste et manipulatrice. Il est normal que tu sois en colère.

— Je ne suis pas en colère. Je suis coupable.

— Tu n'es coupable de rien.

— Je refuse de le croire…

— Il le faut, pourtant.

— Je ne peux pas.

Duarte semblait soudain dévasté, comme écrasé par tout le poids du monde. Orla déglutit péniblement.

— Qu'en disent tes parents ? demanda-t-elle.

— Ils croient au mythe.

Alors… Il avait géré tout cela absolument seul ?

— Comment est-il né, ce mythe ?

— Dès que nous nous sommes rapprochés, Calysta et moi, les hypothèses ont fleuri. Elles ont continué ensuite sans que j'aie la force de les rectifier. J'étais trop occupé à noyer ma douleur dans le vin.

— Ici même…

— Oui. La villa dans laquelle nous vivions dans la banlieue de Porto renfermait trop de souvenirs. J'ai passé deux mois pleins ici, tu as vu les traces de ce séjour. Ensuite, je me suis remis au travail. Je ne revenais que lorsque j'éprouvais le besoin de m'échapper. Beaucoup s'attendaient à voir mon entreprise plonger, je n'allais pas en plus donner des signes de faiblesse dans ma vie privée. Il était plus facile d'accepter la pitié et les condoléances que d'expliquer les faits. Entre nous, je n'en suis pas fier.

C'était assez clair, en effet. Tout cela le torturait. Il se considérait comme coupable, et Orla voyait bien pourquoi. Cependant, il n'aurait pas dû. Il avait fait ce qu'il pensait juste et avait été puni pour cela. Loin d'avoir eu le mariage idéal, il avait connu le pire.

Elle avait eu raison de penser que sa vision de Duarte serait bouleversée par ce qu'il avait à lui dire, mais elle ne s'attendait pas à une vérité aussi crue. Son idée de la perfection, d'un Duarte parfait, venait de voler en éclats. C'était énorme, vertigineux. Que faire maintenant de tout cela ?

Restait un domaine qu'elle savait maintenant gérer, grâce à lui.

— Souhaites-tu discuter encore ? demanda-t-elle posément.

Les yeux de Duarte se mirent à étinceler.

— Non…

— Alors, reviens ici te coucher.

# 11.

Contrairement à ce qu'il redoutait, Duarte ne se sentit pas mieux après avoir révélé la vérité à Orla, ni plus léger.

Au terme d'une nuit agitée, il s'envola au petit jour pour une réunion à Lisbonne avec son avocat, en vue de l'acquisition d'un vignoble californien : une occasion en or pour s'ouvrir de nouveaux marchés, qui lui aurait procuré, à n'importe quel autre moment, une profonde satisfaction. Il n'éprouvait pourtant aucun sentiment de triomphe. Loin de se réveiller purifié par sa confession, il avait le ventre tordu d'angoisse depuis.

À quoi bon prétendre qu'il en ignorait la cause ? Il avait eu tout le temps d'y réfléchir. Au lieu de retourner à la Quinta aussitôt après la fin de sa réunion comme prévu, il prit la route de la plage et passa l'après-midi à surfer sur les vagues furieuses de l'Atlantique sous un ciel menaçant couleur ardoise comme le sol du Douro, dans un effort pour éclaircir le chaos qui l'habitait.

Il avait laissé leur liaison prendre des proportions incontrôlables, il le savait maintenant avec une certitude absolue. Depuis qu'il avait menacé Orla de saboter l'accord passé avec Isabelle Baudelaire, il avait cru, du haut de son arrogance, qu'il menait le jeu et le mènerait jusqu'au bout. Grossière erreur ! Quelque part, sans même qu'il en ait conscience, le pouvoir lui avait peu à peu échappé pour changer de mains, éventualité qu'il n'avait pas envisagée une seconde. Une nouvelle fois, il avait gardé les yeux rivés sur le présent, incapable de distinguer le danger qui le guettait dans l'avenir.

À la faveur d'une faille dans ses défenses, Orla avait pris le contrôle de ses pensées. À cause d'elle il avait dévié de son cap sans y regarder à deux fois et adopté un comportement tout simplement inexplicable. Apprendre à nager à Orla, l'encourager à comprendre que la perfection n'était pas nécessaire dans la vie, que l'échec n'était pas si grave… De quoi se mêlait-il ?

Leur relation était devenue trop intense. Il avait recherché une distraction, certes, mais il ne s'attendait pas à ce que celle-ci prenne de telles proportions. Il n'avait pas prévu que le désir flamberait au lieu de s'attiédir. Cette aventure s'était insensiblement transformée en une chose qui dépassait le plaisir purement physique, en dépit de ses efforts pour se convaincre du contraire. Il avait révélé la vérité sur son mariage à Orla parce qu'il se sentait en confiance avec elle – une imprudence à peine croyable de sa part. Quand bien même ils faisaient du bon travail ensemble depuis des années, quand bien même Orla avait signé un accord de confidentialité l'empêchant d'utiliser ces informations, il n'était pas raisonnable de partager avec elle des détails aussi intimes dont personne d'autre n'avait connaissance.

Et depuis quand était-il devenu important pour lui de se montrer à la hauteur des attentes d'Orla ?

Là encore, Duarte n'en avait aucune idée, mais il savait au moins une chose. Au moment où elle l'avait invité à venir la rejoindre dans le lit la veille, il avait mesuré à quel point son opinion sur lui le pétrifiait. À quel point il redoutait qu'elle le juge indigne et abject… Lorsqu'il était devenu clair que tel n'était pas le cas, le soulagement avait failli lui tirer des larmes de gratitude.

Or il s'était juré de ne plus jamais laisser le pouvoir à une femme et n'avait aucune intention de rompre ce vœu. Les mains crispées sur les commandes, Duarte fit pivoter l'hélicoptère vers la Quinta, qui venait d'apparaître sous ses pieds. Il ne permettrait pas que l'émotion trouble son jugement au point de se retrouver responsable du bien-être de quelqu'un d'autre et, par conséquent, en capacité de détruire cette personne.

Il devait tout arrêter avec Orla avant de s'enfoncer dans ce piège dont il ne pourrait plus sortir. Orla faisait peser une menace trop grave sur son projet d'une vie libérée de toute responsabilité et des engagements qu'il se savait désormais incapable de tenir. Il ne serait pas juste pour elle non plus de laisser cette relation suivre son cours. Les regards qu'elle lui lançait parfois, des étoiles dans les yeux, sourire rêveur aux lèvres, ne lui avaient pas échappé. Les étoiles, les rêves, il ne les méritait pas. Il ne mériterait jamais Orla. Son désir pour elle n'avait donc plus aucune raison d'être.

Tout était prêt pour la conférence. Orla n'avait plus besoin de s'attarder au Portugal. Il s'était déjà promis de prendre ses distances, sans avoir la force de tenir parole. Cette fois ce serait différent. À peine arrivé, il irait débusquer Orla pour lui signifier que tout était fini et la renvoyer chez elle, quoi qu'il en coûte, et rien, absolument rien, ne l'arrêterait.

*Enfin !*

En entendant le grondement familier de la Land Rover crever le silence nocturne, Orla bondit hors du lit et courut vers la fenêtre. Les phares illuminaient la route devant l'hôtel, mais la silhouette de Duarte se distinguait à peine derrière le volant. Dieu ! Que c'était bon de le voir. Il s'était absenté si longtemps. Il était censé rentrer en milieu d'après-midi. Comme il ne répondait pas à ses textos, elle était devenue folle d'inquiétude. Elle était sur le point de prévenir la police lorsqu'elle avait enfin reçu un message, dans lequel il lui demandait où elle se trouvait.

Attendre son retour avait été un supplice. Elle avait beaucoup réfléchi pendant son absence et en était arrivée à certaines conclusions qu'il lui tardait de partager avec lui. La Quinta étant à présent déserte, dans ce calme absolu avant la tempête il avait bien fallu s'occuper l'esprit. Inévitablement, elle n'avait pensé qu'à lui. À eux.

Surtout après la nuit précédente.

Son cœur se mit à battre à coups redoublés comme il mettait pied à terre et claquait la portière derrière lui. Elle le comprenait tellement mieux maintenant ! Il était rongé de remords qu'elle considérait comme tout à fait injustifiés. Pas étonnant qu'il ait perdu son sang-froid en la trouvant endormie dans son lit, le premier jour. C'était une intrusion dans son intimité, dans son âme si jalousement protégée. Elle avait fait émerger la vérité qu'il avait enfouie au plus secret de son être, et il lui en voulait pour cela.

Dès qu'elle se remémorait les épreuves que Duarte avait traversées, une envie de pleurer lui venait. Personne ne méritait de souffrir de tels tourments, surtout dans la plus grande solitude. Avait-elle été capable de l'aider hier soir ? Les preuves manquaient. Il n'avait pas ouvert la bouche ce matin, avant son départ pour Lisbonne.

Le placer sur un piédestal avait été une erreur de taille. Elle en avait brusquement pris conscience en buvant un thé dans l'après-midi. Duarte n'avait jamais prétendu être parfait. C'était elle et uniquement elle qui l'avait porté aux nues à partir des rares facettes de sa personne qu'il lui avait laissé entrevoir. Quelle naïveté de sa part ! Personne n'était parfait. Et bon sang, de quel droit le jugeait-elle, lui ou n'importe qui d'autre ?

Matt avait vu juste depuis le début. Elle ne l'avait guère soutenu lorsqu'il en avait eu besoin. À la seconde où il lui avait annoncé son licenciement du fait d'une réduction des effectifs, il avait dégringolé dans son estime. À ses yeux, il n'avait pas été assez bon pour être retenu. Mais c'était tellement injuste ! Son ex n'y était pour rien. Elle aurait dû reconnaître la blessure d'amour-propre que cela représentait pour lui, et pour cause, elle endurait la même au moindre soupçon d'échec.

Elle exigeait beaucoup trop des autres. À cette pensée, la

culpabilité l'avait envahie et c'était mérité. Oui, elle jugeait les autres, et de ce fait, elle rejetait inconsciemment collègues, amis et fiancés potentiels. Elle avait toujours prétendu manquer de temps pour socialiser, mais en réalité elle ne pardonnait aucune faiblesse chez les autres. Or personne n'avait besoin de ce genre de pression. Résultat, elle restait seule, ce qui ne l'avait jamais gênée jusque-là. Cela lui pesait aujourd'hui. Lourdement. Surtout depuis sa rencontre avec Duarte et cette liaison durant laquelle ils ne s'étaient quasiment pas quittés de jour comme de nuit.

Rien dans la vie n'était tout blanc ou tout noir. Cette évidence aussi avait surgi au fil de ses réflexions. Les choses naviguaient dans des nuances de gris… Ce territoire était nouveau pour elle, mais elle était déterminée à l'explorer car elle commençait à penser, à rebours des croyances dont elle était imprégnée depuis si longtemps, que le perfectionnisme n'avait pas grand-chose de positif, tout compte fait. Il menait invariablement à une forme d'isolement. Et à des déceptions totalement superflues.

Pour être tout à fait honnête, la découverte d'un Duarte aux pieds d'argile, tout aussi faillible qu'elle-même, l'avait soulagée. Elle s'était longtemps demandé si elle avait les moyens de se montrer à la hauteur de cet homme. Elle sentait désormais qu'elle pouvait l'être. Du moins, elle l'espérait, car leur histoire ne devait pas s'arrêter là. Elle voulait Duarte bien plus que le temps d'une aventure. Elle le voulait pour toujours, parce qu'elle était complètement folle de lui.

Depuis son premier appel et la signature de leur contrat juste après ses noces, trois ans et demi plus tôt, Duarte de Castro e Bragança la fascinait. Son cœur battait un peu plus vite chaque fois que ce nom apparaissait sur son téléphone. À chaque requête de sa part, elle ajoutait un petit plus… Et dans la réalité, l'homme dépassait ses rêves les plus fous. Patient, attentionné, absolument canon et capable de l'envoyer au firmament en moins de trente secondes. Capable aussi de démystifier certaines de ses peurs les plus profondes, les plus ancrées, et de les vider de leur substance.

Mais que ressentait-il, lui, à son égard ?

Leur relation n'était pas purement physique. Elle ne l'avait jamais été. Duarte prenait grand soin d'elle depuis le début. Il lui avait appris à nager. Il lui avait montré une autre façon de vivre, plus douce, loin de sa quête furieuse de perfection. Il lui avait donné confiance en elle et révélé la vérité sur son mariage. Tout cela signifiait nécessairement quelque chose…

Oserait-elle s'aventurer sur ce terrain ?

Elle tressaillit en entendant des pas dans le couloir.

Ils ne se connaissaient pas depuis longtemps, chacun avait ses propres batailles à mener, mais c'était un risque à prendre. Ils pouvaient se faire tellement de bien ! Aucun fantôme ne viendrait lui faire concurrence, elle le savait désormais. Qu'est-ce qui les empêchait de poursuivre l'aventure et de voir où elle les menait ?

Aux petits coups frappés à la porte, Orla se dépêcha d'aller ouvrir, les pieds touchant à peine le sol, le cœur gonflé d'impatience. Son grand sourire plein d'espoir se figea sur ses lèvres à la vue du visage crispé de Duarte.

Les yeux très sombres, il semblait à cran, prêt à livrer bataille. Une bataille désagréable. Orla en eut des sucurs froides.

— Entre, dit-elle en s'effaçant devant lui.

Il ne bougea pas d'un pouce.

— Non, merci.

— Ta réunion s'est mal passée ?

— Pas du tout.

— Alors qu'est-ce qui ne va pas ?

— Rien, dit-il en fourrant les mains dans ses poches. Et toi, ta journée ?

— Tranquille côté travail, très éclairante sur le plan personnel.

À ces mots, Duarte se rembrunit un peu plus.

— Tout est prêt pour vendredi ? demanda-t-il.

— Oui.

— Bien. Alors tes services ne sont plus nécessaires.

— Mmm… Mes *services*, comme tu dis, sont disponibles jusqu'à dimanche, dit Orla, esquissant un sourire entendu en dépit de l'angoisse qui commençait à déferler.

— Je suis sérieux, répliqua Duarte. Tu peux rentrer. Dès demain.

Le sourire d'Orla s'envola. Demain, c'était mercredi. La conférence débutait vendredi. Que se passait-il ?

— Je préfère rester sur place au cas où un problème se présenterait.

— Il n'y en aura pas.

— C'est toi l'expert, maintenant ?

— Je t'appellerai, en cas d'urgence.

Le cœur d'Orla se mit à battre à grands coups redoublés tandis qu'une nausée lui soulevait l'estomac.

— Tu ne plaisantes pas, n'est-ce pas ? murmura-t-elle. Tu veux vraiment que je m'en aille…

— Est-ce que j'ai l'air de plaisanter ?

En effet. Sa mâchoire était si tendue qu'elle semblait sur le point de craquer. Il était pâle sous son bronzage, mais clairement déterminé, et son expression restait impénétrable. Il repousserait tous ses arguments, ses protestations…

Brusquement Orla comprit que c'était elle, le désagrément du jour. Tandis qu'elle recueillait avec précaution les pièces éparses de son âme disloquée pour se reconstruire autrement et rêver d'un avenir avec lui, Duarte se préparait à lui ordonner de partir.

— Pourquoi ? demanda-t-elle d'une petite voix.

— Ton travail ici est terminé.

— Et nous ?

— Il n'y a pas de « nous ».

Ce masque impassible ! C'était affreux. Qui était cet inconnu glacial ? Où donc était passé l'homme dont elle était tombée amoureuse ?

Au bord de s'évanouir, elle balbutia :

— Il pourrait y en avoir un…

— Il n'y en aura pas.

— Tout cela… a-t-il un rapport avec hier soir ?

— Non, répondit Duarte en haussant les épaules. J'ai simplement pris le temps de réfléchir et j'ai compris que j'en avais assez.

Cela, tandis qu'elle en venait à la conclusion qu'elle n'en aurait jamais assez !

Une violente douleur la transperça, pulvérisa sa raison et la jeta dans le désespoir. Elle en oublia toute prudence.

— Je t'aime, déclara-t-elle.

Un éclat traversa le regard de Duarte et disparut tout aussi vite.

— C'est regrettable, répliqua-t-il.

Orla le dévisagea, pétrifiée. L'air demeura bloqué dans ses poumons alors que le monde s'écroulait autour d'elle. Puis, au beau milieu de ce champ de gravats, surgit la fureur.

*Regrettable ?* Bon sang ! Comment osait-il balayer ses sentiments d'un revers de main, comme si ce qu'ils avaient partagé n'avait aucune importance, comme si *elle* ne comptait pas ? Comment pouvait-il se montrer aussi brutal ?

Les émotions violentes qui s'entrechoquaient en elle fusionnèrent peu à peu en une boule solide, froide, qui se logea dans sa poitrine et, par chance, elle ne ressentit bientôt plus rien.

Jusque-là, en dépit de cet échange lunaire, elle aurait accordé à Duarte le bénéfice du doute. Elle aurait laissé passer la nuit et serait allée le trouver au petit matin pour tenter de comprendre ce qui se cachait derrière tout cela. Mais plus maintenant. Il avait passé les bornes en réduisant à néant à la fois ce qu'ils avaient vécu et ce qu'ils auraient pu vivre encore. Sa présence n'était plus requise ? Elle ne resterait pas ici un jour de plus. Ni même une heure. Bravant ses ordres – des ordres, comme s'il avait le droit de lui dicter sa conduite dans son *travail* ! – elle ne partirait pas le lendemain, mais cette nuit même. Lui et sa fichue conférence ne méritaient pas une miette de plus de sa considération.

— Eh bien, on dirait que tout est dit, n'est-ce pas ? murmura-t-elle d'une voix blanche.

Duarte acquiesça.

— Je crois, oui.

— Bonne nuit, alors.

— Bonne nuit.

Là-dessus, il tourna les talons et s'éloigna dans le couloir d'un pas martial, la laissant là, glacée jusqu'aux os, le cœur à l'envers et l'esprit en déroute.

Duarte n'avait pas le souvenir d'être retourné à sa voiture ni d'avoir repris la route de la Casa. Ce fut seulement en coupant le moteur et les phares qu'il prit conscience que ses paumes étaient moites et que tout son corps tremblait… de soulagement.

*Il le fallait*, se dit-il en descendant de la Land Rover pour inhaler de longues goulées d'air.

Il avait mis son projet à exécution sans faillir. Sans se laisser impressionner par le sourire éblouissant avec lequel Orla l'avait accueilli. Il avait impitoyablement ignoré le plaisir qui l'avait submergé à sa vue, et résisté à l'envie féroce d'entrer, de claquer la porte derrière lui et de la pousser vers le lit. Face à sa déclaration d'amour, il s'était cuirassé avec un tel succès que le désir irrépressible de l'enlacer pour ne plus jamais la lâcher ne lui était pas monté à la tête. Il était resté solide, maître du jeu à chaque instant, même devant l'effarement d'Orla, puis sa colère lorsqu'elle avait enfin compris le message.

Conclusion, il avait évité une liaison hautement risquée et vouée à la catastrophe. Son amour, il n'en voulait pas. Il n'était pas capable de le lui rendre. Il ne ferait que le détruire.

Demain, elle partirait, songea-t-il en pénétrant dans la Casa plongée dans l'obscurité, où régnait un silence absolu. Il était sauvé. Plus important, *elle* était sauvée. Donc, tout allait bien.

Par la grâce de la rage féroce qui coulait dans ses veines, Orla tint bon le temps de plier bagage, régler sa note et avaler les deux cent cinquante kilomètres séparant l'hôtel de l'aéroport à l'aube pour attraper le premier vol pour Londres. Elle remercia sa bonne étoile pendant tout le trajet d'avoir découvert le vrai visage de Duarte avant de s'humilier en le suppliant de la laisser rester. Il n'était pas du tout l'homme qu'elle croyait. Elle l'avait échappé belle. Elle se répéta cela encore et encore dans le taxi entre Heathrow et son appartement. Oui, elle avait eu très chaud…

Mais dès le seuil franchi, une fois la porte refermée sur le monde extérieur, elle s'effondra. Épuisée, malheureuse, le cœur en miettes, son armure désintégrée, elle lâcha ses valises sur le carrelage du couloir et se laissa glisser à terre.

La douleur qui l'élançait maintenant dépassait tout ce qu'elle avait pu ressentir dans sa vie. Elle lacérait sa poitrine, déchiquetait son cœur. Elle lui volait son oxygène et lui piquait les yeux. Dire qu'elle s'était crue dévastée par sa rupture avec Matt ! C'était à peine une égratignure, en comparaison de cette agonie.

Les larmes jaillirent et dévalèrent ses joues.

Comment la situation avait-elle pu dégénérer à ce point ? Ils s'entendaient si bien jusque-là. Aucun signe ne laissait présager d'un malaise. Hormis peut-être cette tension un peu étrange, lorsqu'elle lui avait offert les flans au retour de Porto… Elle n'y avait guère prêté attention sur le moment, encore sous le charme de leur étreinte sauvage dans l'hélicoptère, mais, après réflexion, Duarte avait le visage crispé ce jour-là aussi. Peut-être avait-elle franchi sans le savoir une limite tacite.

Et elle avait recommencé, en l'interrogeant sur son mariage. Duarte n'avait sûrement pas envie d'en parler. Le récit avait été éprouvant. Elle n'aurait pas dû céder à la curiosité, l'obligeant à revivre ces temps difficiles. Mais tôt ou tard, elle aurait fini par exiger la vérité…

Comment avait-elle pu se croire capable de l'aider ? Elle

ne savait rien de l'enfer qu'il avait traversé. Rien. Elle avait eu tort. Sur toute la ligne.

Quelle idiote, d'être tombée amoureuse de lui !

Un sanglot douloureux s'échappa de sa gorge. Elle s'était laissé emporter par le romantisme du décor, du contexte. Elle avait vu des signes là où il n'y en avait pas. En dépit de l'intensité des corps à corps, des conversations animées, des attentions de part et d'autre, ils n'avaient pas vécu une vraie relation. C'était à peine s'ils étaient sortis du domaine. Une histoire en un seul tableau, voilà ce qu'ils avaient joué. Une belle histoire… Jusqu'au moment où la réalité avait fait irruption sur scène et déchiqueté le scénario.

Elle avait été stupide d'y croire et aussi naïve qu'Isabelle Baudelaire de supposer qu'elle pourrait être celle qui le ramènerait à la vie et à l'amour. Elle ne serait pas cette personne-là. Jamais.

# 12.

À 8 heures précises, Duarte informa l'équipe du départ d'Orla. La nouvelle qu'elle s'était éclipsée sans même un au revoir fut accueillie avec des mines étonnées et déçues. Lui, pour sa part, ne ressentait que du soulagement. La surprise aurait été qu'elle enfreigne l'ordre de partir qu'il lui avait donné.

Tout s'était déroulé exactement comme prévu. En pénétrant dans la cuisine très animée de la Quinta en quête du café dont il avait besoin pour tenir toute la journée après une nuit des plus pénibles, il eut la sensation de respirer pour la première fois depuis des semaines. Il était libre ! Débarrassé de tout engagement, de toute responsabilité et surtout de toutes les émotions qui l'assaillaient dès qu'il se trouvait en présence d'Orla. Aucun doute, il avait bien fait de la renvoyer.

Il prit deux tasses dans le placard, fronça les sourcils et en remit une en place. Il s'habituerait vite à être de nouveau seul. Ils ne s'étaient fréquentés que trois semaines. Dès lundi, il serait de retour à Porto, le travail reprendrait ses droits, et ce qui s'était passé ici s'estomperait peu à peu jusqu'à devenir à peine un lointain souvenir.

Le week-end à venir serait un jeu d'enfant. Une conférence de deux jours à gérer, pour le dirigeant d'une entreprise générant des milliards de chiffre d'affaires, ce n'était pas si compliqué. Il n'avait pas besoin d'Orla et de ses observations perturbantes. Elle ne lui manquerait pas une seconde. Il se sentait bien, très bien même. Tout allait pour le mieux dans le meilleur des mondes.

Non, ça n'allait pas. Ça n'allait pas bien du tout !

Grâce aux préparatifs minutieux d'Orla, la conférence s'était déroulée jusqu'ici sans anicroche, le beau temps était revenu, la Quinta offrait un cadre spectaculaire. Les participants s'étaient régalés à table, les difficultés avaient été exposées puis résolues et les doutes sur sa capacité à piloter son entreprise, définitivement dissipés. Seule ombre au tableau, cette excursion en bateau sur le Douro censée parachever le week-end se révélait problématique.

Duarte n'avait guère prêté attention au trajet, ayant confié la logistique à l'équipage. Mauvaise idée. En ce moment même le bateau se dirigeait droit vers le coin du pique-nique partagé avec Orla, et maintenant, en dépit des deux journées harassantes qu'il venait de vivre et de ses efforts aujourd'hui pour se concentrer sur ses invités, il ne pensait qu'à elle.

Il avait beau faire, Orla lui manquait. La Casa était silencieuse et vide sans sa présence solaire. En même temps, elle regorgeait des souvenirs qu'ils avaient créés ensemble. Impossible de fermer l'œil. Pour sa plus grande frustration, il la cherchait souvent dans la pièce le plus spontanément du monde et, dès qu'il se remémorait son absence, une déception amère l'envahissait. En repensant à la façon dont il l'avait renvoyée chez elle, il n'éprouvait même plus le moindre soulagement. Son ventre se nouait et les regrets affluaient, à lui donner le vertige. Son appétit s'était envolé. Il avait la sensation de charrier le poids du monde sur ses épaules.

La veille au soir, après le départ du personnel, ses invités s'étant retirés pour la nuit, il était parti arpenter le vignoble dans l'espoir que l'odeur de la terre encore chaude apaiserait comme souvent son chaos intérieur. Mais il n'avait trouvé là aucune consolation. En l'absence d'invités pour lui occuper l'esprit, ses pensées désordonnées convergeaient plus encore vers Orla. Cette femme lui collait à la peau. Il n'arrivait plus à s'en débarrasser.

Sa fébrilité prenait des proportions inquiétantes, s'infiltrant dans ses moindres cellules. Aujourd'hui il se sentait acculé.

Appuyé au bastingage à la proue du bateau, les yeux sur la boucle du fleuve derrière laquelle se trouvait la plage, il aspirait en vain de longues goulées d'air tandis qu'à l'intérieur ses invités festoyaient autour d'un buffet somptueux. Rien ne semblait alléger la pression dans sa tête, sa poitrine… La pression était partout.

Comme ses genoux flageolaient, il agrippa si fort la main courante en bois de teck lustré que ses jointures blanchirent, mais c'en était trop et, soudain, quelque chose en lui se brisa net. Toutes ses défenses s'effondrèrent. Un flot sauvage d'émotions, de pensées, de prises de conscience déferla brutalement.

Orla lui manquait. Il l'aimait. Il était le roi des imbéciles d'avoir mis tout ce temps à le comprendre. Il pensait à elle depuis des mois, bien avant de la rencontrer en personne… Des mois à lui soumettre des requêtes spécieuses pour le seul plaisir d'entendre sa voix. Voilà comment il s'était retrouvé dans l'hélicoptère. Son assistante aurait très bien pu se charger de l'interface, rien ne l'obligeait à s'impliquer personnellement, seulement voilà, leurs échanges téléphoniques avaient donné naissance à des fantasmes devenus addictifs, des fantasmes dont il savait maintenant qu'ils n'arrivaient pas à la cheville de la réalité.

Ces trois dernières années, son sang se glaçait à la seule idée de nouer une relation, s'engager, laisser une personne s'approcher de trop pour finalement la détruire, du fait de son égocentrisme criminel. Mais il n'y avait rien de terrifiant dans ce qu'il faisait avec Orla. Il *aimait* la façon dont il s'était conduit avec elle, avant de tout gâcher. Il appréciait aussi que l'homme qu'il était auparavant soit réapparu. Orla n'était pas Calysta, et la situation n'était pas la même.

Il avait résisté pendant des jours, rejeté de toutes ses forces les remarques d'Orla sur son mariage, effrayé à l'idée d'une relation naissante qu'il détruirait ensuite. Elle avait peut-être raison, pourtant. Il n'était peut-être pas responsable de ce qui était arrivé. Le jour terrible de l'échographie, l'obstétricienne avait évoqué une malformation cardiaque comme cause la plus probable du décès intra-utérin d'Arturo, mais il l'avait à peine écoutée, hanté par le souvenir de leur violente dispute l'avant-veille. Le lien entre les deux événements lui paraissait flagrant. Il se jugeait fautif depuis, mais peut-être devait-il se faire à l'idée d'un mauvais tour de la nature, un accident cruel, tout simplement.

Quant à Calysta… Après les funérailles d'Arturo, il aurait dû l'entourer au lieu de s'immerger dans le travail. Au-delà du mépris qu'elle lui inspirait à ce stade, au-delà de sa peine pour ce fils ardemment désiré en dépit des circonstances de sa conception, il aurait dû prendre la mesure de l'épreuve qu'elle traversait. Néanmoins, il ne l'aurait jamais aimée comme elle en avait besoin et elle n'aurait jamais pu accepter cela.

Alors, pouvait-il cesser tout net de se culpabiliser ? Il en crevait d'envie. Parce qu'il voulait qu'Orla revienne. Et avec elle, sa confiance, son amour. Tout ! Il voulait tout.

Encore fallait-il qu'elle consente à le revoir. Son expression ravagée lorsqu'il avait déclaré qu'il déplorait qu'elle soit amoureuse de lui le harcelait jusque dans ses rêves. La peur lui avait fait dire des choses brutales, barbares. Il en était malade aujourd'hui…

Il devait maintenant s'atteler à réparer les dégâts. Comme il l'avait confié un jour à Orla, lui aussi avait des objectifs dans la vie. Celui-ci était le plus important de tous. Il ferait tout ce qui était en son pouvoir, avec patience et sans commettre d'erreur, cette fois.

Lâchant la main courante, Duarte tourna les talons et alla trouver le capitaine dans le cockpit.

— L'excursion est terminée, dit-il, le corps vibrant d'une résolution nouvelle. Demi-tour, toute !

— Orla !

Orla était à peine sortie de l'ascenseur que Sam Hamilton, son associé, se précipita à sa rencontre dans le hall de leurs bureaux du cinquième étage, dans le West End.

Un frisson la parcourut. La dernière fois qu'il avait eu l'air aussi grave, trois jours plus tôt en fait, c'était pour lui annoncer qu'il comptait prendre sa retraite à la fin de l'année et que, si elle le souhaitait, l'entreprise serait à elle. La nouvelle aurait dû lui tirer un cri de triomphe. Elle avait tout juste réussi à esquisser un faible sourire en marmonnant un tiède « merci », sans plus. En dépit des savons qu'elle se passait régulièrement à elle-même, elle était encore si triste en pensant à Duarte !

Mais cela commençait à bien faire. Un week-end entier à broyer du noir et s'apitoyer sur son sort, c'était bien suffisant. Encore un pot de glace et elle deviendrait un pistachier. Quel besoin avait-on d'une relation, honnêtement ? Combien tournaient au fiasco ? Non, merci !

À la place, elle avait décidé qu'un changement s'imposait. Elle allait se concentrer sur ses problèmes. Dans le succès comme dans l'échec, ses peurs, ses fragilités existeraient toujours, elle commencerait donc par là. À ses yeux, l'estime de soi avait toujours été associée au besoin de réussir, mais pourquoi ne pas la trouver ailleurs ? Dans le travail, par exemple. Ou l'amitié. Ou dans la femme qu'elle était, qui n'était pas si mal, finalement. Donc, elle se montrerait moins intransigeante à l'avenir, vis-à-vis d'elle-même comme des autres. Elle apprendrait à accepter la critique sans sortir les griffes et s'attacherait à nouer des relations saines et équilibrées.

Duarte et les souvenirs doux-amers seraient bientôt relégués dans l'oubli. Elle finirait bien par ne plus penser à lui. En vérité, était-ce si grave d'être tombée amoureuse de lui ? Il n'y avait là rien de honteux, même si elle regrettait de le lui avoir avoué. Le moyen de choisir le futur élu de son cœur, et plus encore de l'obliger à aimer en retour ? Il fallait juste accepter la réalité.

La petite voix critique dans sa tête avait disparu, c'était toujours ça de pris. Rien n'était parfait dans la vie, et surtout pas elle, et c'était très bien ainsi.

En revanche, cette introspection express juste après ce qu'elle venait de vivre au Portugal l'avait complètement épuisée. Elle se serait volontiers passée de la nouvelle qui mettait Sam dans un tel état de bon matin. Qu'à cela ne tienne, en grande professionnelle, elle l'accueillerait sans sourciller.

— Sam ! dit-elle, un sourire plaqué sur le visage, remontant la bride de sa sacoche sur l'épaule avant de lui emboîter le pas pour traverser le hall. Y a-t-il un problème ?

— Nous avons reçu une réclamation.

— De quoi s'agit-il ?

— Ce serait plutôt : de *qui* s'agit-il. Il t'attend dans ton bureau.

— Qui donc ?

— Duarte de Castro e Bragança !

Orla s'immobilisa, un pied en l'air, le cœur battant. Non. C'était impossible. De quoi était-il venu se plaindre ? Sam l'avait informée que la conférence avait été une réussite du début à la fin, même si l'excursion en bateau s'était achevée plus tôt que prévu. Et que faisait-il dans son bureau, au fait ?

Son ventre se noua à la pensée de Duarte dans son espace, respirant son oxygène, posant les yeux sur ses petites affaires.

— Tu ne peux pas t'en occuper ? chuchota-t-elle. C'est ton client maintenant.

— C'est justement l'objet de sa réclamation, je crois.

Quoi ? C'était lui qui avait rendu nécessaire ce changement d'aiguillage, avec sa façon brutale de la renvoyer ! Comment osait-il se présenter ici, dans son sanctuaire, pour tout chambouler encore une fois ?

Un soupir lui échappa. Et puis, quelle importance ? Duarte ne la tracassait plus. Fini ! Ce dernier rebondissement ne devait pas la déstabiliser. Elle était immunisée contre son charme, désormais. Elle resterait polie, très pro, et analyserait avec lui cette prétendue réclamation avant de le renvoyer vite fait dans ses foyers.

— Très bien, dit-elle en se redressant. Je m'en charge.

En entendant la porte du bureau s'ouvrir, Duarte, qui faisait les cent pas devant la fenêtre, indifférent à la vue, obsédé par les battements effrénés de son cœur, se retourna d'un bloc.

— Bonjour ! lança Orla avec un sourire factice qui n'atteignait pas ses yeux et qu'il détesta tout de suite.

— Bonjour.

Elle s'avança vers sa table de travail et s'assit, froide, professionnelle, indéchiffrable.

— Café ?

— Non merci, répondit-il, s'asseyant sur la chaise en face d'elle et joignant les mains pour les empêcher de trembler.

— Bien. Alors… J'ai cru comprendre que tu étais venu te plaindre ?

— Oui.

— Et de quoi donc ?

— J'ai essayé de te joindre. On m'a expliqué que tu avais donné mon compte à quelqu'un d'autre…

— En effet. Sam. Mon associé.

Duarte déglutit.

— Pour quelle raison ?

— Parce qu'il est excellent.

— Ce n'est pas ce que je voulais dire et tu le sais.

— Une limite a été franchie, Duarte, dit Orla d'une voix dénuée d'émotion. Croyais-tu sérieusement que notre collaboration pourrait se poursuivre, après ce qui s'est passé à la Quinta ?

— À quelle facette du séjour fais-tu référence ?

— La totalité, répliqua Orla en se tournant vers son ordinateur. C'était une erreur du début à la fin.

— Tu ne commets pas d'erreur.

— Figure-toi que si. Et j'ai récemment découvert que ce n'était pas grave.

Duarte fronça les sourcils. Leur aventure était tout sauf une erreur. Était-elle sincère en disant cela ? Lui avait-il mis cette idée en tête, avec sa couardise ?

— Y avait-il autre chose ? demanda-t-elle.

Oh ! Oui. Il n'en avait pas fini avec elle. Loin de là. Il avait préparé un discours. Longuement répété.

— J'ai à peine commencé.

— Eh bien, j'ai une réunion dans… dix minutes, dit-elle après avoir consulté sa montre. Je t'en accorde cinq.

Il n'y avait donc plus une seconde à perdre. Ce moment était le plus important de sa vie. Son bonheur futur en dépendait. Il inspira à fond et se concentra.

— Je voulais m'excuser pour notre dernier échange. Pour mon attitude. Elle était affligeante et injustifiée. Elle me fait honte lorsque j'y repense.

— Excuses acceptées, dit Orla avec un geste de dédain.

— Je tenais à m'expliquer…

— Ce ne sera pas nécessaire.

Le cœur de Duarte se mit à battre à coups redoublés.

— Tu avais raison sur toute la ligne, Orla.

— Non, plus maintenant. J'en ai fini avec tout ça.

Qu'entendait-elle par là ? En avait-elle fini avec lui ? Il se sentit soudain pris de panique.

— Je t'aime, Orla.

À ces mots, elle se figea, les yeux rivés sur son écran, puis cliqua sur la souris et rectifia la position de son clavier.

— C'est… déplorable, lâcha-t-elle en tapotant les touches pour composer son mot de passe.

Ou tout autre chose… Il était incapable de réfléchir. Il avait bel et bien tout fichu en l'air. Ce ton détaché… Sa façon d'éviter son regard… Le choix des mots, tout sauf une coïncidence. Une conversation, une seule, terrible, folle, dictée par les démons auxquels il avait inconsidérément cédé les rênes, et il avait saboté la meilleure chose qui puisse lui arriver.

Brusquement, sa poitrine se contracta. Le choc de ce qu'il avait fait et ne pourrait plus défaire était trop violent. Sa vision se troubla. Une douleur aiguë le cisailla, le privant aussi de l'usage de la parole.

La voix d'Orla lui parvint à travers un brouillard.

— Tu seras entre de bonnes mains avec Sam. À présent, si tu veux bien m'excuser, je suis vraiment très occupée.

En effet. Ce qui s'affichait à l'écran accaparait toute son attention. Elle faisait défiler l'image et pianotait sur les touches tandis que son monde à lui se désintégrait lentement mais sûrement.

— Je vois, dit-il, la gorge en feu, tremblant de tout le corps. Dans ce cas, je ne gâcherai pas une seconde de plus de ton temps.

Hagard, il se leva comme un automate et se tourna vers la sortie. Une chance que ses jambes le portent encore… Mais une fois à la porte, il s'immobilisa, la main sur la poignée.

Bon sang ! Non, ce n'était pas fini. Hors de question de s'avouer vaincu. Il était venu ici pour une raison précise. Il avait des choses à dire à Orla, et ces choses devaient être dites. Il s'était promis sur le bateau de faire ce qu'il faudrait et c'était précisément ce qu'il allait faire !

Il redressa les épaules, puisa de la force dans la détermination nouvelle inondant ses veines et se retourna. Il resta saisi devant la détresse absolue, toute nue, qui froissa le visage d'Orla une seconde avant qu'elle ne se ressaisisse et se compose une expression de nouveau neutre.

Trop tard, il avait eu un bref aperçu de ce qui se cachait derrière le masque, grâce à Dieu ! Et si cela lui fendait le cœur, il sentit aussi l'espoir renaître. Orla n'était pas aussi indifférente qu'elle le laissait croire. Elle n'était pas indifférente du tout…

Pourquoi, mais *pourquoi* n'était-il pas parti ?

Le cœur d'Orla s'affola comme Duarte revenait lentement sur ses pas. Elle avait si bien joué, bridant les émotions qui faisaient rage en elle et s'accrochant de toutes ses forces à sa dignité… Se cuirassant face à sa déclaration d'amour, qui ne signifiait rien au regard du souvenir encore cuisant du mardi soir…

Pourquoi avait-il fait demi-tour au moment précis où la douleur devant ce qu'elle avait perdu était devenue intolérable ? Il avait forcément capté cet instant de faiblesse chez elle. Le trac qui se devinait chez lui tout à l'heure avait disparu. Il avait recouvré sa volonté de fer. Les mâchoires serrées, les yeux de jais, il dépassa la chaise qu'il avait occupée pour venir percher une fesse sur le bureau, si près qu'elle aurait pu le toucher en tendant la main.

— J'ai encore quatre minutes, dit-il en la fixant droit dans les yeux.

Orla recula son fauteuil hors de la zone de danger et glissa les mains sous ses cuisses.

— Trois et demie, rectifia-t-elle.

Trois secondes et demie de trop… Allait-elle résister ? La proximité de Duarte ébranlait déjà ses défenses.

— Je suis tellement navré de ce que je t'ai dit mardi soir, si tu savais, murmura Duarte. Mes sentiments pour toi me terrifiaient. Je n'étais pas prêt à lâcher le passé. Depuis la mort de Calysta, j'étais persuadé que tout était ma faute et que je n'étais pas de taille à assumer la charge des émotions d'une autre femme. Mais c'est toi qui avais vu juste. Sur la responsabilité des uns et des autres, surtout. Je t'aime, Orla. Je crois que je suis amoureux de toi depuis que je t'ai demandé de me réserver des hélicoptères alors que je n'en avais aucun besoin.

Orla l'entendit à peine tant son cœur tambourinait fort. Son armure encaissant coup après coup, elle fut tout simplement incapable de conserver plus longtemps son masque de glace. La souffrance revenait s'infiltrer dans les failles, plus vive encore d'avoir été contenue jusque-là.

— Je t'ai tout offert, dit-elle d'une voix tremblante.

— Je sais.

— Tu as été cruel.

Il pinça les lèvres et exhala un soupir torturé.

— Je sais.

— Tu m'as fait mal.

— Et c'est irréversible ?

— Je ne sais pas.

Il la regarda, tout le regret du monde au fond des yeux.

— Je comprends, dit-il en hochant la tête. Bien. C'était ce que j'étais venu te dire. Je vais repartir, maintenant.

Il se leva. Tout à coup un vertige saisit Orla. Allait-elle réellement le laisser partir ? Après tout ce qu'il venait de confesser au prix d'une souffrance manifeste ? En dépit de tout, elle l'aimait encore à la folie et ne souhaitait rien d'autre que de se jeter dans ses bras pour ne plus jamais les quitter.

Aurait-elle ce courage ? Duarte avait certes reconnu ses torts, pour autant ils ne disparaîtraient pas du jour au lendemain… mais les siens non plus, songea-t-elle soudain dans un éclair de lucidité.

— Attends !

Duarte s'immobilisa et tourna vers elle un regard si inquiet et plein d'espoir à la fois que son cœur se serra.

— Je suis désolée, moi aussi, dit-elle.

— Tu n'as rien à te faire pardonner…

— Je n'aurais pas dû insister pour aborder un sujet que tu n'étais pas prêt à affronter.

— J'aurais aussi bien pu n'être jamais prêt. Or j'avais besoin de l'affronter.

— Il y a des choses que j'ai dû affronter moi aussi. Tu m'as aidée dans ce travail.

— Que veux-tu dire ? murmura Duarte.

Orla inspira profondément et se leva.

— Nous pourrions continuer à mener ces batailles ensemble.

Il acquiesça lentement.

— Nous pourrions.

— Tu m'as manqué, Duarte.

— Pas autant que tu m'as manqué, toi !

Il ouvrit alors grand les bras. Est-ce qu'elle s'y engouffra, ou est-ce qu'il l'attira contre lui ? Il l'embrassa comme si sa vie en dépendait, et tous les doutes d'Orla, toutes ses craintes furent balayés par une lame de joie et de désir fiévreux.

— Je t'aime, marmonna-t-il contre ses lèvres. Beaucoup, beaucoup.

— Moi aussi je t'aime.

— J'ai été si aveugle. Si stupide. Pardon de t'avoir fait du mal…

Il se détacha légèrement d'elle. Le remords qui se lisait sur son visage la toucha au cœur.

— Je ne me le pardonnerai jamais, ajouta-t-il. Comment puis-je me rattraper ?

— Si tu commençais par verrouiller la porte ?

— Quoi ?

— Va verrouiller la porte, répéta-t-elle doucement en commençant à déboutonner son chemisier. Ensuite, mon cher, tu pourras me montrer exactement à quel point tu es désolé.

— Ah, je vois, dit Duarte, l'œil pétillant.

Il alla tirer le verrou, puis revint la soulever de terre pour l'asseoir sur le bureau.

— Je croyais que tu avais une réunion ?

Les doigts sur une boutonnière un peu rebelle, tout son corps vibrant d'amour et de félicité, Orla sourit, se pencha vers son oreille et murmura :

— J'ai menti.

# Épilogue

*Sud de la France,*
*Trois mois plus tard*

Le soleil déclinant de la fin septembre baignait d'une chaude lumière dorée l'hôtel particulier situé dans la banlieue de Nice. L'air embaumait la lavande qui poussait en touffes denses tout autour. Dans la vaste salle de bal somptueusement aménagée, cinq cents invités s'étaient régalés de homard et de gigot d'agneau avant de se défaire de quelques millions lors de la vente aux enchères extravagante qui avait suivi. Dix minutes plus tôt, un orchestre s'était installé sur la scène, et la piste de danse se remplissait peu à peu de cavaliers en smoking et de dames vêtues de soie.

À l'extérieur, sur la terrasse surplombant la ville et plus loin, l'azur scintillant de la Méditerranée, Orla, nichée dans les bras de Duarte, les yeux clos, un léger sourire aux lèvres, ondulait doucement sur le rythme langoureux qui leur parvenait par les immenses baies vitrées.

Le champagne avait coulé à flots pendant des heures, mais elle n'en avait pas besoin. Le bonheur pétillait dans ses veines et l'amour débordant de tout son être lui suffisait.

Les trois derniers mois avaient été incroyables. Quatre semaines après l'irruption de Duarte dans son bureau, ce fameux matin magique où il avait réalisé tous ses rêves après avoir failli les briser à jamais, elle avait quitté Londres pour aller s'installer à Porto. Son travail pouvait se faire à distance de n'importe où, et l'appartement de Duarte avait besoin d'un coussin ou deux… Lorsqu'ils n'étaient pas en déplacement professionnel, ils passaient la semaine en ville et les week-ends à la Casa do São Romão.

Aujourd'hui ils avaient atterri à Nice vers midi et posé leurs bagages dans le plus bel hôtel de la ville, où ils avaient paressé au lit une partie de l'après-midi avant de se préparer pour le bal de charité organisé par Isabelle Baudelaire.

— Une soirée de ton temps, murmura-t-elle, les lèvres sur son cou tout chaud. Le sacrifice en valait la peine, tu ne crois pas ?

— Absolument.

— Isabelle m'a dit que ta présence lui avait permis de vendre le double du nombre de billets escompté. Les dons pour la vente aux enchères aussi ont été multipliés par deux.

— Je ne suis pas sûr d'y être pour grand-chose, dit Duarte de sa voix grave qui la faisait toujours frissonner. Son savoir-faire et sa ténacité rivalisent avec les tiens.

— Je me demande qui a gagné le voyage en Arctique…

— C'est moi.

Orla se détacha de lui et le regarda, médusée.

— Mais… Pourquoi ?

— Pour les icebergs.

Devant son regard, l'expression sur son visage, elle retint son souffle.

— Quoi ?

— Il y a des icebergs en Arctique, il paraît. Mais après réflexion… Tu m'as bien dit que tu appréciais peu les démonstrations grandioses ? C'était peut-être une mauvaise idée. Quoi qu'il en soit, le voyage est en décembre et je ne pense pas pouvoir attendre aussi longtemps.

À ces mots le cœur d'Orla s'emballa et le sol vacilla sous ses pieds.

— Attendre pour quoi donc ?

— Pour te donner ceci. Voilà des jours que je transporte cette petite chose sur moi, il serait dommage qu'elle se perde.

La « petite chose » en question était un diamant en forme d'amande, monté sur un anneau de platine. Il étincelait dans le soleil couchant et, lorsque Duarte le glissa au majeur de sa main gauche, sa vision se troubla.

— Je t'aime, Orla, dit-il avec une douceur, une tendresse infinies. Je t'aime chaque jour davantage. Veux-tu m'épouser ?

Orla se jeta à son cou.

— Oui ! Bien sûr que oui, dit-elle entre deux baisers. Moi aussi je t'aime, je t'aime tellement !

— Désolé pour l'Arctique, murmura Duarte.

— Pas grave, répliqua Orla, le cœur gorgé de joie et d'amour. Tout est parfait.

Vous aimez les contes passionnés ?
Retrouvez en numérique :

1. *L'enfant d'un ténébreux milliardaire*
2. *Un fantasme pour patron*

Et ne manquez pas le roman d'Abby Green
dès le mois prochain dans votre collection Azur !

Retrouvez prochainement,
dans votre collection

# AZUR

**Les vœux d'Alexandros, de Clare Connelly - N°4587**

« Épouse-moi, Alex. » C'est avec une audace insoupçonnée que Tessa propose un mariage d'affaires à Alexandros Zacharidis. Si quatre ans plus tôt cet homme l'a brutalement chassée de sa vie après leur nuit de passion, il est aujourd'hui le seul à pouvoir sauver sa réputation. Qu'importe si ce nabab est incapable d'aimer, leur union platonique restera sans danger. Du moins Tessa le croit-elle avant qu'Alexandros exige qu'elle partage ses nuits et lui donne un héritier !

**Pacte avec un époux, de Jadesola James - N°4588**

Entre Tobilola, princesse de Gbale, et Akil, héritier de Djoboro, les choses sont parfaitement claires. Le mariage arrangé conclu entre leurs deux puissantes familles est le moyen qu'ils attendaient pour être libres ! Un pacte secret les lie davantage que cette alliance d'un autre âge : dans un an, tous deux divorceront. Si Tobi se réjouit d'abord de cette situation, elle est brusquement confrontée à un obstacle inattendu. Son tout nouvel époux l'attire dangereusement – au point qu'elle enfreint la règle qu'elle s'était fixée de ne pas tomber amoureuse de lui…

**Détestable séduction, de Millie Adams - N°4589**

Désirer l'homme qu'on déteste : cette étrange sensation, Olive ne la connaît que trop bien ! Chaque fois qu'elle est en présence de Gunnar Magnusson, c'est la même chose, elle hésite entre lui tordre le cou et l'embrasser. Jusqu'au jour où, emportée par la passion, Olive se retrouve dans le lit de son rival en affaires. Une folie dont elle mesure toutes les conséquences lorsqu'elle se découvre enceinte…

**L'amant d'un bal, de Bella Mason - N°4590**

Ce soir-là, à Melbourne, un somptueux bal masqué est donné. Et pour la timide Emma, qui n'a pas l'habitude des mondanités, c'est un moment féerique ! Alors, quand elle heurte par mégarde un sublime inconnu aux yeux bleus, la magie opère de plus belle. Son cœur s'emballe, ses sens s'éveillent… Le coup de foudre la conduit même à passer la nuit entre les bras de cet homme mystérieux ! Or, dès le lendemain, Emma déchante. Son amant, Alexander Hastings, est un impitoyable homme d'affaires et non pas le prince charmant qu'elle avait imaginé…

## Liaison en Écosse, de Cathy Williams - N°4591

Celia dessine des robes de mariée, pièces maîtresses des contes de fées. Hélas, sa dernière création vient d'être abandonnée par une fiancée en fuite. Alors qu'elle se résout à ranger la précieuse étoffe, le futur époux éconduit se présente dans son atelier. Loin d'être anéanti par la désertion de sa promise mais contrarié que ses plans soient perturbés, Leandro exige que Celia l'accompagne à sa place en Écosse. Une escapade aussi imprévue que la passion qui flambe soudain entre eux…

## Mystérieuses retrouvailles, de Rachael Stewart - N°4592

Felicity est sous le choc. Revoir Sebastian dans la petite ville où ils ont grandi, chez elle, lui fait l'effet d'un mirage. Seize ans plus tôt, il l'a quittée sans laisser d'adresse, sans lui permettre de le retrouver. Que lui dire aujourd'hui, alors que le temps a creusé un tel fossé entre eux ? Tandis qu'il parcourait le monde sans songer à elle, Felicity chérissait le souvenir de leur idylle à travers leur enfant. Une fille prénommée Angel, dont Sebastian ignore encore l'existence…

## Baiser à un Grec, d'Abby Green - N°4593

Un baiser. C'est tout ce que l'innocente Sofie a l'intention de voler au magnifique inconnu endormi dans la chambre d'hôpital où elle travaille. Depuis qu'il a été retrouvé au cœur de la montagne de Gallinvach, il est demeuré inconscient. Seulement voilà, à peine a-t-elle frôlé ses lèvres chaudes et fermes qu'il ouvre les yeux. Ce miracle trouble Sofie au plus haut point. Se pourrait-il que cet homme dont elle ne connaît pas même le nom lui soit destiné ?

## Ce lien irrésistible, de Lucy King - N°4594

SÉRIE : *LES FILS PERDUS D'ARGENTINE* - 1/3

Finn est abasourdi. Lui qui a toujours tout contrôlé vient de découvrir qu'il a été adopté. Et il n'est pas au bout de ses surprises, hélas ! Georgie, la sublime avocate avec qui il a connu une brève aventure, est de retour dans sa vie avec une révélation de taille. Leur unique nuit de passion les a liés à jamais : tous deux sont désormais parents !

**La souveraine déchue, de Caitlin Crews - N°4595**

SÉRIE : *ROYALEMENT SCANDALEUSE* - 2/2

Amalia est encore sous le choc : elle n'est pas la princesse héritière d'Île d'Montagne comme le monde entier le croyait. Alors qu'elle se prépare depuis l'enfance à une vie de devoir, la voilà soudain dans la peau d'une femme ordinaire. Que faire quand on est libre ? Pour trouver une réponse à cette question existentielle, elle s'envole pour Cap Morat, en Espagne. Un paradis chargé du souvenir de la liaison brûlante qu'elle a entretenue avec le ténébreux Joaquin Vargas…

**Le secret du Cambodge, de Maisey Yates - N°4596**

Le trou noir. Quand elle se réveille après un grave accident, Riot a tout oublié de l'année écoulée. Tout, y compris Kravann Valenti, l'homme à son chevet, qui déclare être son fiancé et le père de son bébé ! Tous deux se seraient rencontrés au Cambodge et, après une fabuleuse liaison, ne se seraient plus quittés. Alors qu'elle n'a aucune raison de douter des paroles de Krav, Riot ne peut se défaire de l'étrange impression d'être flouée… Jusqu'à ce que la vérité éclate…

**La fiancée oubliée, de Natalie Anderson - N°4597**

Comment Tomas Gallo a-t-il pu l'oublier ? En apprenant que l'arrogant milliardaire a été victime d'un accident de la route et se retrouve désormais amnésique, Zara sent une tristesse inattendue l'envahir. Certes, Tomas et elle n'ont été mariés que vingt-quatre heures – un pur mariage de convenance ayant pour seul but de libérer Zara des griffes de son oncle –, mais les sensations qu'elle a connues entre ses bras sont encore vivaces en elle. Et savoir qu'il ne se rappelle rien la trouble plus que de raison. Aussitôt, une idée folle naît dans son esprit. Et si, en passant une dernière nuit avec Tomas, elle réveillait en lui la mémoire des sens ? Celle qui grave à jamais le souvenir d'une peau, d'un toucher, d'un regard…